流星雨

Echo Legend

三毛

南海出版公司

青马(天津)文化有限公司
出 品

目录

演讲
一个男孩子的爱情　2
我的写作生活　16
骆驼为什么要哭泣　44
流星雨　52
阅读大地　79
远方的故事　119
三毛说书　159

采访
我喊荷西回来！回来！　218
钱不钱没关系　222
假如。还有。来生。　230

演讲

一个男孩子的爱情

今天要说的只是一个爱的故事，是一个有关三十岁就过世的一个男孩子，十三年来爱情的经过，那个人就是我的先生。他的西班牙名字是Jose，我给他取了一个中文名字叫荷西，取荷西这个名字实在是为了容易写，可是如果各位认识他的话，应该会同意他该改叫和曦，和祥的"和"，晨曦的"曦"，因为他就是这样的一个人。可是他说，那个"曦"字实在太难写了，他学不会，所以我就教他写这个我顺口喊出来的"荷西"了。

这么英俊的男孩！

认识荷西的时候，他不到十八岁，在一个耶诞节的晚上，我在朋友家里，他刚好也来向我的一些中国朋友祝贺耶诞节。西班牙有一个风俗，耶诞夜十二点一过的时候，邻居们就要向左邻右舍楼上、楼下一家家地恭贺，并说："平安。"有一点像我们国人拜年的风俗。那时荷西刚好从楼上跑下来，我第一眼看见他时，触电了一般，心想，世界上怎么会有这么英俊的男孩子？如果有一天可以作为他的妻子，在虚荣心上，也该是一种满足了，那是我对他的第一次印象。过了不久，我常常去这个朋友家玩，荷西就住在附近，在这栋公寓的后面有一个很大的院子，我们就常常在那里打棒球，或在下雪的日子里打雪仗，有时也一齐去逛旧货市场。口袋里没什么钱，常常从早上九点逛到下午四点，可能只买了一支鸟羽毛，那时荷西高三，我大学三年级。

表弟来啰！

有一天我在书院宿舍里读书，我的西班牙朋友跑来告诉我："Echo，楼下你的表弟来找你了。""表弟"在西班牙文里带有嘲弄的意思，她们不断地叫着："表弟来啰！表弟来啰！"我觉得很奇怪，我并没有表弟，哪来的表弟在西班牙呢？于是我跑到阳台上去看，看到荷西那个孩子，手臂里抱了几本书，手中捏着一顶他常戴的法国帽，紧张得好像要捏出水来。

因为他的年纪很小，不敢进会客室，所以站在书院外的一棵大树下等我，我看是他，匆匆忙忙地跑下去，到了他面前还有点生气，推了他一把说："你怎么来了？"他不说话，我紧接着问："你的课不是还没有上完吗？"他答道："最后两节不想上了。"我又问："你来做什么？"因为我总觉得自己比他大了很多，所以总是以一个姊姊的口气在教训他。他在口袋里掏出了十四块西币来（相当于当时的七块台币），然后说："我有十四块钱，正好够买两个人的入场券，我们一起去看电影好吗？但是要走路去，因为已经没有车钱了。"我看了他一眼。我是一个很敏感的人，觉得这个小孩子有一点不对劲了，但是我还是答应了他，并且建议看附近电影院的电影，这样就不需要车钱。第二天他又逃课来了，第三天、第四天……于是树下那个手里总是捏着一顶法国帽而不戴上去的小男孩，变成了我们宿舍里的一个笑话，她们总是喊："表弟又来啰！"我每次跑下楼去，总要推荷西一把或打他一下，对他说："以后不要来了，这样逃课是不行的！"因为最后两节课他总是不上，可是他仍是常常来找我。因为两个人都没钱，就只有在街上走走，有时就到皇宫去看看，捡捡人家垃圾场里的废物，还会惊讶地说："你看看这支铁钉好漂亮哟！哇！你看看这个……"渐渐地我觉得这个交往不能再发展下去了，因为这个男孩子认真了，而他对我是无能为力的，因为他大学还没有念，但老实说我心里实在是蛮喜欢他的。

你再等我六年！

有一日，天已经很冷了，我们没有地方去，把横在街上的板凳，搬到地下车的出风口，当地下车经过的时候一阵热风吹出来，就是我们的暖气。两个人就冻在那个板凳上像乞丐一样。这时我对荷西说："你从今天起不要来找我了。"我为什么会跟他说这种话呢？因为他坐在我的旁边很认真地跟我说："再等我六年，让我四年念大学，二年服兵役，六年以后我们可以结婚了，我一生的想望就是有一个很小的公寓，里面有一个像你这样的太太，然后我去赚钱养活你，这是我一生最幸福的梦想。"他又说："在我自己的家里得不到家庭的温暖。"我听到他这个梦想的时候，突然有一股要流泪的冲动，我跟他说："荷西，你才十八岁，我比你大很多，希望你不要再做这个梦了，从今天起，不要再来找我，如果你又站在那个树下的话，我也不会再出来了，因为六年的时间实在太长了，我不知道我会去哪里，我也不会等你六年。你要听我的话，不可以来缠我，你来缠的话，我是会怕的。"他愣了一下，问："这阵子来，我是不是做错了什么？"我说："你没有做错什么，我跟你讲这些话，是因为你实在太好了，我不愿意再跟你交往下去。"接着，我站起来，他也跟着站起来，一齐走到马德里皇宫的一个公园里，园里有个小坡，我跟他说："我站在这里看你走，这是最后一次看你，你永远不要再回来了。"他说："我站这里看你走好了。"我说："不！不！不！我站在这里看你走，而且你要听我的话哟，永远不可以再回来了。"那时候我很怕他再来缠我，我就说："你也不要来缠我，从现在开始，我要跟我班上的男同学出去，不能再跟你出去了。"这么一讲，自己又紧张起来，因为我害怕伤害到一个初恋的年轻人，通常初恋的人感情总是脆弱的。他就说："好吧！我不会再来缠你，你也不要把我当作一个小孩子，因为我们这几个星期来的交往，你始终把我当作一个孩子，你说'你不要再来缠我了'，我心里也想过，除非你自己愿意，我永远不会来缠你。"

Echo 再见！

讲完那段话，天已经很晚了，他开始慢慢地跑起来，一面跑一面回头，一面回头，脸上还挂着笑，口中喊着："Echo 再见！Echo 再见！"我站在那里看他，马德里是很少下雪的，但就在那个夜里，天下起了雪来。荷西在那片大草坡上跑着，一手挥着法国帽，仍然频频地回头，我站在那里看荷西渐渐地消失在黑茫茫的夜色与皑皑的雪花里，那时我几乎忍不住喊叫起来："荷西！你回来吧！"可是我没有说。以后每当我看《红楼梦》宝玉出家的那一幕，总会想到荷西十八岁那年在那空旷的雪地里，怎么样跑着、叫着我的名字："Echo 再见！ Echo 再见！"

他跑了以后，果然没有再来找过我，也没有来缠过我。我跟别的同学出去的时候，在街上常会碰见他，他看见我总是用西班牙的礼节握住我的双手，亲吻我的脸，然后说："你好！"我也说："荷西！你好，这是我的男朋友××人。"他就会跟别人握握手。

他留了胡子，长大了！

这样一别，别了六年，我学业告了一个段落，离开西班牙，回到了台湾。在台湾时，来了一位西班牙的朋友，他说："你还记不记得那个 Jose 呀！"我说："记得呀！"他说："噢！他现在不同了，留了胡子，也长大了。""真的！"他又说："我这里有一封他写给你的信还有一张照片，你想不想看？"我惊讶地说："好呀！"因为我心里仍在挂念着他，但那位朋友说："他说如果你已经把他给忘了，就不要看这封信了。"我答道："天晓得，我没有忘记过这个人，只是我觉得他年纪比我小，既然他认真了，就不要伤害他。"我从那个朋友手中接过那封信，一张照片从中掉落出来，照片上是一个留了大胡子穿着一条泳裤在海里抓鱼的年轻人，我立刻就说："这是希腊神话里的海神嘛！"打开了信，信上写着："过了这么多年，也许你已经忘记了西班牙文，可是我要告诉你一个秘密,在我十八岁那个下雪的晚上,你告诉我,你不再见我了,你知道那个少年伏枕流了一夜的泪,想要自杀?这么多年来,你还记得我吗?我和你约的期限是六年。"就是这样的一封信,我没有给他回信,把那封信放在一边,跟那个朋友说:"你告诉他我收到了这封信,请代我谢谢他。"半年以后,我在感情上遇到了一些波折,离开台湾,又回到了西班牙。

荷西,我回来了!

当时荷西在服最后的一个月兵役,荷西的妹妹老是要我写信给荷西,我说:"我已经不会西班牙文了,怎么写呢?"然后她强迫将信封写好,声明只要我填里面的字,于是我写了一封英文的信到营区去,说:"荷西!我回来了,我是Echo,我在××地址。"结果那封信传遍了营里,却没有一个人懂英文,急得荷西来信说,不知道我说些什么,所以不能回信给我,他剪了很多潜水者的漫画寄给我,并且指出其中一个说:"这就是我。"我没有回信,结果荷西就从南部打长途电话来了:"我二十三日要回马德里,你等我噢!"到了二十三日我完全忘了这件事,与另一个同学跑到一个小城去玩,当我回家时,同室的女友告诉我有个男孩打了十几个电话找我,我想来想去,怎么样也想不起会是哪个男孩找我。正在那时我接到我的女友———一位太太的电话，说是有件很要紧的事与我商量，要我坐计程车去她那儿。我赶忙乘计程车赶到她家，她把我接进客厅，要我闭上眼睛，我不知她要玩什么把戏忙将拳头握紧，把手摆在背后，生怕她在我手上放小动物吓我。当我闭上眼睛，听到有一个脚步声向我走来，接着就听到那位太太说她要出去了，但要我仍闭着眼睛。突然，背后一双手臂将我拥抱了起来，我打了个寒颤，眼睛一张开就看到荷西站在我眼前，我兴奋得尖叫起来，那天我正巧穿着一条曳地长裙，他穿的是一件枣红色的套头毛衣。他揽着我兜圈子，长裙飞了起来，我尖叫着不停地捶打着他，又忍不住捧住他的脸亲他。站在客厅外的人，都开怀地大笑着，因为大家都知道，我和荷西虽不是男女朋友，感情却好得很。

在我说要与荷西永别后的第六年，命运又将我带回了他的身旁。

你是不是还想结婚？

在马德里的一个下午，荷西邀请我到他的家去。到了他的房间，正是黄昏的时候，他说："你看墙上！"我抬头一看，整面墙上都贴满了我发了黄的放大黑白照片，照片上，剪短发的我正印在百叶窗透过来的一道道的光纹下。看了那一张张照片，我沉默了很久，问荷西："我从来没有寄照片给你，这些照片是哪里来的？"他说："在徐伯伯的家里。你常常寄照片来，他们看过了就把它摆在纸盒里，我去他们家玩的时候，就把他们的照片偷来，拿到相馆去再做底片放大，然后再把原来的照片偷偷地放回盒子里。"我问："你们家里的人出出进进怎么说？""他们就说我发神经病了，那个人已经不见了，还贴着她的照片发痴。"我又问："这些照片怎么都黄了？"他说："是嘛！太阳要晒它，我也没办法，我就把百叶窗放下，可是百叶窗有条纹，还是会晒到。"说的时候，一副歉疚的表情，我顺手将墙上一张照片取下来，墙上一块白色的印子。我转身问荷西："你是不是还想结婚？"这时轮到他呆住了，仿佛我是个幽灵似的。他呆望着我，望了很久，我说："你不是说六年吗？我现在站在你的面前了。"我突然忍不住哭了起来，又说："还是不要好了，不要了。"他忙问："为什么？怎么不要？"那时我的新愁旧恨突然都涌了出来，我对他说："你那时为什么不要我？如果那时候你坚持要我的话，我还是一个好好的人，今天回来，心已经碎了。"他说："碎的心，可以用胶水把它粘起来。"我说："粘过后，还是有缝的。"他就把我的手拉向他的胸口说："这边还有一颗，是黄金做的，把你那颗拿过来，我们交换一下吧！"

七个月后我们结婚了。

我只是感觉冥冥中都有安排，感谢上帝，给了我六年这么美满的生活，我曾经在书上说过："在结婚以前我没有疯狂地恋爱过，但在我结婚的时候，我却有这么大的信心，把我的手交在他的手里，后来我发觉我的决定是对的。"如果他继续活下去，仍要说我对这个婚姻永远不后悔。所以我认为年龄、经济、国籍，甚至于学识都不是择偶的条件，固然对一般人来说这些条件当然都是重要的，但是我认为最重要的，还是彼此的品格和心灵，这才是我们所要讲求的所谓"门当户对"的东西。

你不死、你不死……

荷西死的时候是三十岁。我常常问他："你要怎么死？"他也问我："你要怎么死？"我总是说："我不死。"有一次《爱书人》杂志向我邀一篇"假如你只有三个月可活，你要怎么办"的稿子，我把邀稿信拿给荷西看，并随口说："鬼晓得，人要死的时候要做什么！"他就说："这个题目真奇怪呀！"我仍然继续地揉面，荷西就问我："这个稿子你写不写？你到底死前三个月要做什么，你到底要怎么写嘛？"我仍继续地揉面，说："你先让我把面揉完嘛！""你到底写不写啊？"他直问，我就转过头来，看着荷西，用我满是面糊的手摸摸他的头发，对他说："傻子啊！我不肯写，因为我还要替你做饺子。"讲完这话，我又继续地揉面，荷西突然将他的手绕着我的腰,一直不肯放开,我说:"你神经啦!"因为当时没有擀面棍,我要去拿茶杯权充一下,但他紧搂着我不动,我就说:"走开嘛!"我死劲地想走开,他还是不肯放手,"你这个人怎么这么讨厌……"话正说了一半,我猛一回头,看到他整个眼睛充满了泪水,我呆住了,他突然说:"你不死,你不死,你不死……"然后又说:"这个《爱书人》杂志我们不要理他,因为我们都不死。""那么我们怎么样才死?"我问。"要到你很老我也很老,两个人都走不动也扶不动了,穿上干干净净的衣服,一齐躺在床上,闭上眼睛说:好吧!一齐去吧!"所以一直到现在,我还是没有为《爱书人》写那篇稿子,《爱书人》最近也问我,你为什么没有写呢?我告诉他们因为我有一个丈夫,我要做饺子,所以没能写。

你要叫他爸爸

我的父母要到加纳利群岛以前,先到西班牙,荷西就问我看到了我爸爸,该怎么称呼?是不是该叫他陈先生?我说:"你如果叫他陈先生,他一下飞机就会马上乘原机回台北,我不是叫你父亲作爸爸吗?"他说:"可是我们全家都觉得你很肉麻呀!"原来在西班牙不叫自己的公公婆婆作父亲、母亲,而叫××先生、

××太太。但我是一个中国人,我拒绝称呼他们为先生、太太,我的婆婆叫马利亚,我就称她马利亚母亲,叫公公作西撒父亲。荷西就说:"我叫爸爸陈先生好了!"我说:"你不能叫他陈先生,你要叫他爸爸。"结果我陪我的父母在西班牙过了十六天,回到加纳利群岛,荷西请了假在机场等我们。我曾对他说:"我的生命里有三个人,一个是爸爸,一个是妈妈,还有就是你,再者就是我自己,可惜没有孩子,否则这个生命的环会再大一点,今天我的父母能够跟你在一起,我最深的愿望好像都达成了,我知道你的心地是很好的,但你的语气和脾气却不一定好,我求求你在我父母来的时候,一次脾气也不可发,因为老人家,有的时候难免会有一点噜苏。"他说:"我怎么会发脾气?我快乐还来不及呢!"为了要见我的父母,他每天要念好几小时的英文,他的英文还是三年以前在尼日利亚学的。当他看到我们从机场走出来时,他一只手抱着妈妈,另一只手抱着爸爸,当他发现没有手可以抱我时就对我说:"你过来。"然后他把我们四个人都环在一起,因为他已经十六天没有看到我了。然后又放开手紧紧地抱抱妈妈、爸爸,然后再抱我。他第一眼看到爸爸时很紧张,突然用中国话喊:"爸爸!"然后看看妈妈,说:"妈妈!"接着,好像不知道该说些什么,低下头拼命去提箱子,提了箱子又拼命往车子里乱塞,车子发动时我催他:"荷西,说说话嘛!你的英文可以用,不会太差的。"他就用西班牙文说:"我实在太紧张了,我已经几个晚上没睡觉了，我怕得不得了。"那时我才明白，也许一个中国人喊岳父岳母为爸爸妈妈很顺口，但一个外国人你叫他喊从未见过面的人为爸、妈，除非他对自己的妻子有太多的亲情，否则是不容易的。回到家里，我们将房间让给父母住，我和荷西就住进更小的一间。有一天在餐桌上，我与父母聊得愉快，荷西突然对我说，该轮到他说话了，然后用生硬的英语说："爹爹，你跟 Echo 说我买摩托车好不好？"荷西很早就想买一辆摩托车，但要通过我的批准，听了他这句话，我站起来走到洗手间去，拿起毛巾捂住眼睛，就出不来了。从荷西叫出"爹爹"这个字眼时（爹爹原本是三毛对爸爸的称呼），我相信他与我父母之间又跨进了一大步。

　　我的父母本来是要去欧洲玩的，父亲推掉了所有的业务，打了无数的电话、电报，终于见到了他们的女婿，他们相处整整有一个月的时间。我和荷西曾约定只要我俩在一起小孩子还是别出世吧，如果是个女的我会把她打死，因为我会吃醋，若是个男孩，荷西要把他倒吊在阳台上，因为我会太爱那孩子。事后，我也讶异这样孩子气及自私的话竟会从一对夫妻的口中说出。当我的父母来了一个月后，荷西突然问："你觉不觉得我们该有一个孩子？"我说："是的，我觉得。"他又说："自从爸妈来了以后，家里增添了很多家庭气氛，我以前的家就没有这样的气氛。"

永远的挥别

在我要陪父母到伦敦以及欧洲旅游时，荷西到机场来送行，他抱着我的妈妈说："妈妈，我可不喜欢看见你流泪哟！明年一月你就要在台北的机场接我了，千万不要难过，Echo 陪你去玩。"我们坐的是一架小型的螺旋桨飞机，因为我们要住的那个小岛，喷射机是不能到的。上飞机前，我站在机肚那里看荷西，就在那时，荷西正跳过一个花丛，希望能从那里，再看到我们，上了飞机，我又不停地向他招手，他也不停地向我招手，直到服务小姐示意我该坐下。坐下后，旁边有位太太就问我："那个人是你的丈夫吗？"我说："是的。"她又问荷西来做什么，我就将我父母来度假他来送行的事简单地告诉她，她就告诉我："我是来看我儿子的。"然后就递给我一张名片，西班牙有一个风俗，如果你是守寡的女人，名片上你就要在自己的名字后面，加上一句"某某人的未亡人"，而那名片上正有那几个字，使我感到很刺眼，很不舒服，不知道要跟她再说些什么，只好说声："谢谢！"没想到就在收到那张名片的两天后，我自己也成了那样的身份……

（说到这里，三毛的声音哽咽，她在台上站了很久，再说不出一句话来，演讲中断……）

我的写作生活

晚上七点半。外头是倾盆大雨。

在耕莘文教院的讲堂里,原只安排两百个的座位,却挤了不下六百人,大门口是怎么都挤不进去了。文教院的陆达诚神父陪着主讲人三毛女士在前头领路,嘴里一迭声嚷着:"对不起,请让路!请让路!"

三毛依然长发披肩,黑色的套头毛衣下是件米色长裙,脸上有着淡淡的妆,素净中更透着几分灵秀。瞧着讲堂中拥挤的情况,三毛紧张了,直问人:"我要不要带卫生纸上台?这么多人,这么多人,我怕我自己会先'下雨'。"三毛是担心面对这么多人演讲时,说着说着会控制不了情绪而流泪,她却说成"自己先下雨",倒教旁人先笑开了。

站在讲台上,三毛用一贯低低柔缓的声调,对满堂或坐、或站、或席地的朋友说:"没想到我在台湾有这么多的朋友,尤其今晚外头的雨这么大。"然后三毛就开始演说今晚的讲题：我的写作生活。

下雨天看到这么多朋友真好

各位朋友：

很抱歉今天晚了一刻钟才开始，我是很守时的人，刚刚我一直在等陆神父来带我。

最近我的日子过得很糊涂，一直记不清是哪一天要演讲，直到前天有位朋友打电话给我说：我们后天在耕莘文教院见。我吓了一跳，不过，我那时想，没关系，大概只有二十个人，可以随便说说，可是没想到我在台湾有这么多的朋友。

今天又在下雨，听说这一阵台北不是雨季，可是我回来以后，发觉总是在下雨。我以为今天不会有那么多朋友来，看见你们，我很怕，一直想逃走。

希望我的话对各位不会有不好的影响

过去我教过书，常上讲台，但教书的时候有课本，现在跟各位说话没有课本，我担心今天随口所说的，对各位会不会有不好的影响。我特别要提出一位年轻读者的来信，作为今天这个谈话的开始。刚回台湾时，我收到一位高中女生的来信，我记不得她的名字了，这位读者说她在初三的时候，因为升学压力太重而想自杀，在那个时候，她看了我的书，因而有了改变；我不知道她有什么改变，可是她一直说是我的书救了她。我觉得这个孩子有点"笨"，因为，任何一本我的书都救不了你，只有自己可以救自己，别人不能救你的。她说她现在已是高中生了，而最近我丈夫的去世，她说她觉得人生还是假的，她还是要死。我收到这封信好几个月了，一直不知怎么回信，可是我很挂念这位朋友，因为她的信写得很真诚。希望她还是把我忘记吧，因为这是一个不好的影响。不知道这位朋友今天有没有在场，或是有她的朋友，请转告她，信收到了，并请她千万不要灰心，因为别人的遭遇毕竟不是发生在她身上。

从未立志做作家，倒曾下过决心要当画家的妻子

今天的讲题是"我的写作生活"，我实在只是一个家庭主妇，不知从什么时候开始别人把我当作家看，这种改变，使我很不习惯，而且觉得当不起。作家应该是很有学问或是很有才华的人，我呢，做了六年的家庭主妇，不曾是专业作家，以后也不会是。

我从来没有立志要做作家。小时候，父母会问，师长会问，或者自己也会问自己：长大了要做什么？我说我要做一个伟大艺术家的太太。"有没有对象呢？"他们会问，我说："有的。""是谁呢？""就是那个西班牙画家毕卡索！"因为小时候，我很喜欢美术。以后，写作文的时候，我总说要做一个伟大艺术家的妻子，并没有说自己要成为艺术家。

我的功课不行，数学考零分，唯一能做得好的只有国文，班上同学大约有十个人的作文是我"捉刀"的

小时候，数学成绩很不好，常常考零分，有一次考得最高分是五分，我都不知道是怎么搞的，应该也是零分才对。我的作文好，小学五年级时参加演讲的演讲稿是自己写的，每次壁报上一定有我的作品。我的家庭很幸福，可是有一次，我把老师感动得流泪了，因为我告诉他我是孤儿，还写了大约有五千字的《苦儿流浪记》。

进了初中以后，班上同学大约有十个人的作文是我写的，因为他们写不出来，我就说拿来拿来，我替你写。后来，又学写唐诗，在作文本上写了十几首。我发觉自己虽然别的事做不好，但还可以动笔，这是一条投机取巧的路。

初二时，不喜欢学校生活，离开学校自己念书。到了大学，

我跟许多高中毕业的同学一起念哲学系，发现我的国文比不上他们，大一的国文考试，《春秋》是什么时候，谁写的作品之类的题目，我都不晓得，所以国文就不及格了。后来我去找老师，我说："老师，我是少年失学，不知道《春秋》是什么时代修的，我觉得这是文学史的问题。"老师说："你应该晓得的呀！"我说："对！我知道的也是国文类的，可是并不是这一类的。"后来他说："那你要补考啰。"我说："补考还是不会及格的，只有一个方法，我可不可以补给你六篇作文。"他问我要写多少字，我说随我写吧。

瞎编的故事竟把老师感动哭了

后来，我写了一篇三万多字，我的父亲，我的母亲，我的童年生活，从我的祖父开始讲起，中间还有恋爱故事，其中我伯父并没有恋爱，是我编的。

老师要求我用毛笔写，我写不来，就用签字笔写成毛笔字的味道。这篇写得非常好，故事有真有假，还有情节，老师看了，把我叫过去，说："你是我的学生中最有才华的。你写的关于上一代的事，都是真的吗？"我就说："真假你还是别管吧，这篇作品你还喜欢吗？"他说："老师看了很感动，一夜没有睡觉，老师都流泪了。"

我很幸运，打小学到现在投稿没被退过

这件事以后，我发现自己从小做什么事都不对劲，不顺利，最顺利的事就是写文章，因此，在大学里我就开始写文章，但也不是很勤的。我有一个很光荣的纪录是从小学开始投稿，到现在还没有被退过稿。

我的青少年时代出了一本书《雨季不再来》，这本书是被强迫出版的，因为如果我不出书，别人也可以把那些文章辑成一个集子出书，而我连版税都拿不到。其实那些东西都很不成熟，都不应该发表，是我在二十二岁以前发表的文章，文字非常生涩，感情非常空灵，我不喜欢空灵这两个字，但那是那个时期我写时所不能伪装的一些感情，这是我的第一本书。

写作在我生活中是最不重要的一部分，
它是蛋糕上面的樱桃

然后，我离开台湾到西班牙去，生活的改变以及其他一些事，使我停笔了。有位朋友每回写信总说：你不写实在太可惜了，因为你才刚刚开始写。我就跟他说：我现在正在改变中，这时候不想写东西，免得将来后悔。这位朋友是个编辑，他说：好的，我等你，我

要等你几个月呢? 我说：你慢慢地等。这一等，等了十年。

有一天，我坐在沙漠的家里，发觉我又可以写作了。所以，我觉得等待并不是一件坏事情，不要太急。现在又有朋友在问我：三毛，你又不写了，要多久才会再写呢? 我说，你别急，等我。他说：要等多久呢? 我说：大概要另外一个十年。他一听，马上说：那不是等死了吗? 我说：这究竟不是在我们自己的手里，如果硬逼着我写，反而写不好，而十年以后，我也许又是另一个面目出现了。

我认为写作不是人生最大的幸福。有人问我：你可知道你在台湾是很有名的人吗? 我说不知道，因为我一直是在国外。他又问：你在乎名吗? 我回答说：好像不痛也不痒，没有感觉。他就又问我：你的书畅销，你幸福吗? 我说：我没有幸福也没有不幸福，这些都是不相干的事。又有别人问我：写作在你的生活里是很重要的一部分吗? 我说：它是最不重要的一部分。他又问：如果以切蛋糕的比例来看，写作占多少呢? 我说：就是蛋糕上面的樱桃嘛!

生活比写作重要；我重视生活，远甚写作

也许，各位会认为写作是人生的一种成就，我很真诚地说一句：人生有太多值得追求的事了，固然写出一本好书也可以留给后世很多好的影响。至于我自己的书呢，那还要经过多少年的考

验。我的文字很浅，小学四年级的孩子就可以看，一直看到老先生，可是这并不代表文学上的价值，这绝对是两回事。

有一年，我正在恋爱，跟我的荷西走在马德里的一个大公园，清早六点半，那时我替《实业世界》写稿，那天已到交稿的最后一天了，我烦得不得了。我对荷西说：明天不跟你见面了，因为我一定要交稿了。荷西说：这样好了，明天清早我再带你来公园走，走到后来，你的文章就会出来了。我继续跟他在公园里走，可是脑子一直在想文章的事，这时，看到公园的园丁，在冬天那么冷的清早，爬到好高的树上锯树。我看了锯树的人，就对荷西说：他们好可怜，这么冷，还要待在树上。荷西却对我说了一句话，他说：我觉得那些被关在方盒子里办公，对着数目字的人，才是天下最可怜的，如果让我选择，我一定要做那树上的人，不做那银行上班的人。听了荷西的这番话，我回家就写了封信给杂志编辑说，对不起，下个月的专栏要开天窗了，我不写了。

写作只是我的游戏之一

所以我是一个很重视生活的人，远甚于写作，写作只是我的游戏之一。别人也许会问：你是不是游戏人生呢？我要说：我是游戏人生。来到这个世界本就是来玩的，孔子就说"游于艺"，这几个字包含了多少意义，用最白话的字来说就是玩。我说的玩不是舞厅的玩，也不是玩电动玩具的玩，或者抽大麻的那种，不是，我的人生一定要玩得痛快才走，当然走不走不在我，但起码我的人生哲学是做任何事一定要觉得好玩的才去做，绝不会为了达成一个目的，而勉强自己。我说这话是非常紧张的，这句话说出来很不好，但这只是对我自己，不是对别人，而且我的人生观是任何事情都是玩，不过要玩得高明，譬如说，画画是一种，种菜是一种，种花是一种，做丈夫是一种，做妻子也是一种，做父母更是一种，人生就是一个游戏，但要把它当真的来玩，是很有趣的。

很多人看了我的书，都说：三毛，你的东西看了真是好玩。我最喜欢听朋友说"真是好玩"这句话，要是朋友说：你的东西有很深的意义，或是说——我也不知怎么说，因为很少朋友对我说这个，一般朋友都说，看你的东西很愉快，很好玩。我就会问：我写的东西是不是都在玩？他们说：是啊。

一个小朋友告诉我："你写的东西好好玩！"
我觉得这是一种赞美

前不久我碰到一个小学四年级的小朋友，他说：你的东西好好玩。我觉得这是一种赞美,过去写的东西不好玩,像《雨季不再来》,因为年纪轻不知道怎么游戏人间,过了好苦闷的青少年时代。后来知道自己在世上的时间,过一天就短一天,我一定要享受人生。怎么享受呢?像我的《撒哈拉的故事》,对不起,又提我的书。第一篇是《沙漠中的饭店》就是玩做菜,第二篇《结婚记》是如何结婚,扮家家酒,第三篇写在沙漠里替人看病,也是玩,还有一篇很好玩的叫《沙漠观浴记》,看当地的人如何洗澡。这些东西都是在心情很好时,发现自己的生活这么美丽,为什么不把它写出来呢?不知不觉就写出来了,并没有所谓的"使命感"或是"文以载道",我都没有。

虽然我写的都是平淡的家庭生活,很平淡,但有一点不得不说,很多生活枯燥的朋友给我来信说我的文章带给他们快乐,我在这里要强调的是:你的生活就是你的文章。我是基督徒,我要感谢天地的主宰——我们称为神,因为祂使我的生活曾经多彩多姿过,至于将来会怎么样,不知道。

为什么我的笔名叫"三毛"?
停笔十年后第一次投稿被刊出的经验如何?

我来说说停笔十年后,第一次投稿到《联合报》,刊出来的感觉。写稿的时候还不知道该用什么名字,我从来不叫三毛,文章写好后，就想：我已不是十年前的我了，改变了很多，我不喜欢再用一个文绉绉的笔名，我觉得那太做作，想了很久，想到自己只是一个小人物，干脆就叫三毛好了。后来又要跟荷西解释三毛是什么意思，结果他听懂了，他画了一个人头，头上三根毛，说：三毛就是这个吗？我说：是呀！荷西说：哎呀，这一向是我的商标嘛！

这篇文章寄出以后，一直患得患失，心理负担很重，我知道这不是一篇很有内容的文章，只是比较俏皮一点而已。结果，十天后，我接到寄至撒哈拉沙漠的《联合报》航空版，看见文章登出来，几乎不相信自己的眼睛，实在是太快了。我拿了这张报纸就走，那时我和荷西还没有车子，可是我实在是等不及了，手拿报纸就在沙漠上一直走，打算走到工地去告诉他，我走在他的交通车会经过的路上，后来，交通车过来了，他看见我就叫司机停车，我往他跑过去，他说：不得了，你已经投中了！我说：是，是，就在这里。他问：你怎么证明那就是你呢？我说：你看那个笔名的字嘛！那真是很快乐的一天，到现在都不能忘记，十年以后，第一次写文章，在沙漠里，只有一个人可以分享，而这个人是看不懂我的文章的人，可是还是很高兴，像孩子一样在沙漠里跳舞。

爱、希望和幸福，是上天给人们的礼物

那以后写了很多沙漠的文章，直到现在还有很多没写出来，很多朋友说，你跟我们说的沙漠和你写的沙漠不一样，因为有很多很好听很神秘的东西都没有写。我说，这并不可惜，我的人生里还有更大的幸福。他说：可是读者在等你的文章。我说：读者有读者的幸福，他们不应从我这儿得到幸福，他们应该自己追求自己的幸福。当然，我认为一个作家是不是受欢迎，是不是受到欣赏，作家自己固然也有努力，但是读者的热情也是一份极大的鼓励和共鸣。

有位朋友告诉我：三毛，你跟每一个人都可以做朋友。我说：我是一个人很孤僻的人，有时候多接了电话，还会嫌烦嫌吵。这次回来，他又对我说：你知道你的优点在哪里吗？你始终教人对生命抱着爱和希望。这是他告诉我的，不是我自己说的。然而我却说：我都一天到晚想跳楼呢！他又说：可是，这次你回来还是给我这种感觉。我问他为什么，他说：就是这次你回来，还是给四周的朋友们对人生的信心和盼望，这是你自己所不自觉的。我听了这句话后，觉得是他给我的鼓励，而不是我给他的鼓励，因为爱、希望和幸福，都不是物质的，我始终认为这是上天的礼物。我们有这么多器官，像座化学工厂，这是很普通的事，但对抽象无形的东西，绝不是器官所能产生的，思想、爱、信、望都不是。

婚姻是世界上最好的事情之一，对男孩女孩都一样

我发现今天在座的，女孩子比男孩子多，以我个人的经验，我愿意告诉各位朋友，尤其是女孩子——婚姻是人生最幸福的事。不要怕，如果各位有很多未婚的朋友的话，跳开写作的题材不谈，我很诚恳地说，人生最大的幸福，对男孩女孩都一样，可是因为我是女孩子，我不知道男孩子的心理，婚姻是人生最美的事情之一。以我体验的生活，我去过很多国家，很多奇奇怪怪的国家，非洲、欧洲、南美，看过不同的人，吃过不同的食物，学过不同的语言，这都不是人生的幸福。我始终强调婚姻的幸福和爱，我的文章挑不出一些一般人认为有深度的人性矛盾的地方，我的文章比较少，也许好的文学对人性的描写比较深刻，但是，我长大后，不喜欢说谎，记录的东西都是真实的，而我真实生活里，接触的都是爱，我就不知道还要写什么恨的事或矛盾的事，或者复杂的感情，因为我都没有。

我的写作生活，就是我的爱情生活；
我的人生观，就是我的爱情观

过去我是一个很复杂的人，到了三十一二岁的时候，我开始

变成越来越单纯，甚至于刚回台北的时候，看到汽车还会怕，听见电话铃响会不习惯，因为结婚以后六年间，我们家都没装过电话。后来可以装电话了，我和我先生想了一下，他说："我们还是不要吧！"我说："好，我们不要电话。"所以请我来谈谈我的写作生活的话，对于一些真正热爱写作的朋友，可能得不到什么，但是我有信心，我相信有很多朋友，在爱情上有疑惑，或者有恐惧的话，以我自己的经验，我还是告诉各位婚姻是一件值得一试的事。

我的写作生活，如果不是我的丈夫荷西给我自由，给我爱和信心，那么一本书都写不出来。再说，我翻译了一套西班牙文的漫画书叫做《娃娃看天下》，这本书过去我不太重视它，现在我非常地重视它，所以我又把它交给皇冠出版社再印，这本书大概有一千页，是我们家庭生活的一部分。这不能算是写作，算是家庭生活。整整八个月的时间，我们吃完晚饭，我先生和我就把电视关掉，门锁起来不许人进来，开个小灯，他坐在我对面，开始翻译《娃娃看天下》，经过八个月译了一千页。所以我的写作生活，就是我的爱情生活。这真是奇怪，别人一定说，今天去听三毛讲话，她真是胡说八道，乱讲的，因为她说的是这样奇怪的话，"我的写作生活，就是我的爱情生活"。但是我还要说一句，"我的人生观，就是我的爱情观"。

我的作品几乎全是传记文学式的。
不真实的事情，我写不来

我希望不要再等十年我就能够再拿笔写，我以后要走我的路，找寻我的路，但是有一点，我知道我做不到的，就是写不真实的事情。我很羡慕一些会编故事的作家，我有很多朋友，他们很会编故事，他们可以编出很多感人的故事来，你问他："这是真的还是假的？"他说是真真假假掺在一起的，那么我认为这也是一种创作的方向，但是我的文章几乎全是传记文学式的，就是发表的东西一定不是假的。如果有一天你们不知道我到世界哪一个角落去了，因为我又要走了，你们也没有看到我发表文章的时候，也许你们会说："三毛不肯写，因为她不肯写假话。她要写的时候，写的就是真话。当她的真话不想给你知道的时候她就不写。"所以说，各位今天来听我说话，实在是白来。

我是个好家庭主妇，
与荷西在一起的六年是上天给我的恩赐

一定有人奇怪，为什么我离开台湾十年，没有写过文章，结婚以后反而写文章？别人都说作家如果是家庭主妇就不能写文章，否则柴、米、油、盐弄不清楚。我是个家庭主妇，非常管家，因为喜欢家。我认为神给了我六年了不起的日子，我相信我的丈夫来到我的生命里他负有很重要的任务、使命，他不知道，我也不知道。六年来，他带我去这里，去那里，去撒哈拉沙漠，他让我做一个自由的妻子，从来没有干涉过我，让我的个性自由发展，虽然他不了解我的文章，可是他跟每个人说："我的太太是作家。"大家都不太相信，他不懂中文，却非常骄傲这点。去年出了一本书叫《温柔的夜》，以后就没有再写，朋友问我，《联合报》痖弦先生也常写信给我："三毛怎么不写了呢? 也不敢催你。"我就不知道怎么回答这些爱护我的朋友的来信，其实我几乎有一年时间，就是最后……我现在说话有一个坏习惯，会说"这是最后一年"，所谓最后一年就是我先生在世的最后一年。平常我写稿的习惯是晚上写，白天睡觉，在最后一年的时候，我突然发觉我写稿时，我先生是早上睡觉，而他应该早上六点钟起来，所以晚上十一点时，我跟他说："荷西，你去睡觉，我要开始写稿了，因为我实在欠人太多，没办法，你去睡觉。"他就把我的茶放好去睡，我就不管他开始抽烟、喝茶，把自己放到文章里去。

为了荷西睡不着觉，我又停笔了

最后一篇文章写的是《永远的马利亚》，记得写了将近四天，而且写得不好，写到早上六点钟的时候，偷偷溜进卧室睡觉，我小心地走进去，怕吵醒荷西，结果发现他拿被单蒙在头上，我一进去，他就"哇！"的一声跳起来了，大叫一声："你终于写完了！"我就问他："你没有睡？"他说："我不敢讲，因为房子太小了，我也不敢动，我就把被单蒙着头，看你几点钟会进来嘛！结果你终于写完了。"我问他这种情形有多久？他说："不是继续了多久，从你跟我结婚以后开始写文章，我就不能睡觉。"我说："你知道我在外面，为什么不能睡？"我骂他，因为我心疼。我说："你为什么不睡觉？"他说："我不晓得，我不能睡。"我说："那我就不能写文章了啊！"他说："你可以写。"于是我说我下午写，他说好陪我写，我说可是晚上还要写，他说好。于是我每写一个钟头就回头看他，他翻来覆去地不能睡，后来我问他为什么，他说："你忘了吗？因为这么多年来我睡觉的时候一定要拉着你的手。"我听了之后一阵黯然，简单地说："荷西，那么我从今以后停笔了。"从那时候开始有十个月，我真的没写，别人问我，我说先生不能睡觉，他们觉得好笑说："他不能睡别理他好了！"我说："他的工作有危险性，我希望他睡得好。"后来我的父母来问为什么十个月没写文章，我说："荷西不能睡觉。"父亲问为什么荷西不能睡觉？我说："我不能告诉你，反正他不能睡觉。"他们又追问，后来我说了，因为我们是很开明的家庭，我说："六年来，他不论如何睡，一翻身第一件事一定找我的手，然后再呼呼大睡。"

所以，荷西和我的生活如果继续下去，可能过些年以后三毛也就消失了，我也跟我的母亲说："对一个没念什么书的人，五本书太多了，我不写了。"我母亲问为什么，我说："我的生活非常幸福，如果我的写作妨碍我的生活，我愿意放弃我的写作。"母亲说这是不相冲突的两件事情，但是我还是没有写，直到荷西离开这个世界。

答复听讲者的问题

我想我留点时间，给爱护我的朋友发问。这是我回台北后第一次面对这么多朋友，我的心里有感谢有感动，有慌张害怕，但是我很高兴各位能跟我谈谈。现在还有二十分钟时间。

问：三毛小姐，你以后准备住哪里？

答：以后住哪里，我说不上来。我觉得人的路当然要靠自己的脚走，可是我们上面还有一位神，祂默默在带领你，可是你不晓得。我本来在一个小岛上住着，那个岛只有两万人，八百多平方公里，我父亲、母亲去了以后惊叹："桃花源原来是就在这个地方。"我以为自己会在那里住下去，结果还是离开了。下个月要离开台湾，到很多的地方，走很多的国家，因为飞机票钱差不多，然后回到西班牙，但是，我想我以后会常回台湾。的确，是有朋友问我要到哪里去，我说要到这里、那里，因为从今以后没有人等我了，我慢慢地走和快快地走是一样的，所以将来住哪里，我真的不知道。问这题目的朋友，如果你知道去哪里好，请告诉我。

问：流浪是很孤独的，你如何排除你生活上的孤寂？

答：我听过一首流行歌曲唱："我背着我的吉他去流浪，带朵什么花。"我很恨这种歌，那是没流浪过的人才写得出流浪是件浪漫的事情，这样的人不必去流浪，因为他流浪的话，一定半路就回来的。我流浪，绝不是追求浪漫，而是我在这个地方学业已经完成了，而且找不到事情怎么办呢？我就再到另一个地方去念书或者做事。所以说流浪的心情，我个人的经历是被迫的。当然我去了很多国家游历，但是说实在话，我从离开家以后没快乐过，这话说得很不勇敢，可是我离开台湾后真的不快乐，一直到我建立了自己的家。所以，怎么使流浪者快乐是很难的事情。在这个问题上我没有答案。很奇怪，我发觉前一个问题和这个问题，我都没有答案。

问：你与荷西在沙漠里找化石，结果荷西掉到流沙里去，你当时的心情如何？

答：这篇文章叫做《荒山之夜》。是的，荷西那次快要死了，遭遇困难的时候也不知道自己的心情。我记得我再开车回来找荷西的时候，发现流沙不见了，因为找错了地方。我第一个反应是："他已经死了。"我怕得不得了，怕得发抖。

我知道这个朋友为什么要问这个问题，因为他不问我这次的心情，而那一次是同样的心情。我这一生没有遭遇过像这样的恐惧，这次荷西去世的时候，是一位英国太太来告诉我的。那是晚上一点钟，她来敲门跟我说："Echo，你坐下来。"我没坐，我问："荷西死了？"她说："没有，你坐下来我再告诉你。"我说："他死了？"英国太太把我扶住，我再问她第三次："你是不是来告诉我荷西死了？"她说："他们正在找荷西的尸体。"我第一个感觉是怕，怕得不得了，我一生没有那么不勇敢过，以前我想自己是很勇敢的人，问我失去荷西的心情如何？我说的是一个人有时候会遭遇到他不能承受的事，圣经上说"我给你的都负担得起"，可是在面对不能失去的时候，会觉得自己负担不起，怕自己变成半个。我当时心情很复杂，因为面对要失去最不能失去的，接着的反应就是我不能，我不要失去。这是怕，怕成疯狂，可是最后还是来了。

问：《橄榄树》这首歌是在什么心情下写的？

答：《橄榄树》是在九年前写的一首歌。我的朋友李泰祥先生要我写一些歌词，他催着我写，我一个晚上写了九首，其中的一首就是《橄榄树》。因为我很爱橄榄树,橄榄树美。我的丈夫荷西的故里在西班牙南部,最有名的就是产橄榄。但是,我当时写《橄榄树》这首歌,是五百块钱就卖断了,今天我买录音带送朋友花的钱,比我得到的钱还要多。我今天不是要说我赚多少钱的问题,而是说这首歌中有两句不是我写的,因为这首歌起初是卖给歌林,后来再转给新格,所以版权上有一些问题。这首歌我不会唱,好像有一句是"流浪是为了天空飞翔的小鸟和大草原"什么的,我要声明一下,因为现在的《橄榄树》和我当初写的不一样,如果流浪只是为了看天空飞翔的小鸟和大草原,那就不必去流浪也罢。

问:如果你有一个属于你自己的小孩,你会如何照顾他?

答:我想他生下来的时候,我会用一块干净的布把他包起来,这是第一步。然后爱他,对不对?如果你有个小孩你怎么办?我想每个母亲都是用一块干净的布把他包起来,一包起来就表示对他的爱心。如何教育?很简单,爱他,爱是最重要的,我想是这样,我自己没有孩子。

问:你说你小时候喜欢编故事,长大以后却写的是真实故事,其中的心路历程转变又是如何?

答:很简单,因为小孩子的时候,放学的那条路是一样的,大家穿的那双白球鞋也是一样的,制服也一样,都绣了学号,所以做孩子的时候非得想象不可，因为生活非常平淡。虽然我们那时走田埂上学很好玩，但还是很单纯，所以我喜欢编故事。可是长大以后，我来不及编故事了，因为自己遭遇到的事情很多值得写的，我想应该先把自己真实的故事写完再来编，但是我一直写不完，所以我就不编了。

问：你喜欢美术，请问你如何喜欢？

答：我真不知如何回答我如何喜欢美术。我想每个人都有一点天赋，是神给你的。我对美术的敏感度到什么程度？记得我在德国念书的时候，我的老师打幻灯片，还没对准焦距一晃，我就说："你今天要放高更的东西。"他说你怎么知道？我说，看见色彩就知道了。我想各位都有自己了不起的天赋，或是画，或是音乐，每个人一定有的。我觉得是美术喜欢我，不是我喜欢美术。

问：三毛，最近情绪好吗？请多保重。祝福你。

答：谢谢这位朋友。我还是一个有爱情的人，这是我的爱情观，今天虽然我的婚姻终止，但是爱情不死。生和死有爱就隔不开，所以我有爱情，有我丈夫的爱情。

问：你在沙漠里写一则故事《死果》，你戴了符咒中了邪，有何感受？

答：天地间有很多神秘的事情不能单单用科学来解释，我自己遭遇到很多科学不能解释的事情。我写《死果》，描述在沙漠捡到符咒，挂在身上发生很多奇怪的事。至于说到沙漠里碰到这种邪门的事，我认为这是我们不可说的，我也不能解释，在这件事上我只是把我的经历写出来，我没有责任去解释，更何况在我们中国古老社会里，就有这样的事。

问：你说你不知道将来的事，请问你是不是宿命论者？

答：我是不是宿命论者？我想路是自己跨出去的，你不能坐在屋子里说自己是宿命论者。我不是完全的宿命论者，但是我相信我们在世界上有个人的年限，这点我是不否认的，但是要遭遇到什么事情，这跟个性有很大的关系，有一点是先天，有一点是后天的。所以我不知道我将来的路，因为我有很多想法，都不能实现，要不然现在是二月，荷西应该站在我的身边才对，因为我们本来存钱，准备今年一月两个人一起回台湾。我不知道未来，我把将来交在冥冥中主宰的手里，一点也不急，就等着他告诉我应走的路。

问：你初到西班牙是抱什么心情？找寻什么？动机何在？可不可以说是你一生的转捩点？

答：去西班牙是我一生很大的转捩点，但并不决定于地理因素，而是个人环境上一个很大的转变——离开了父母。我父母宠爱我，那时我已经上大学了，他们疼我疼得不得了，有时风雨太大，我有鼻过敏毛病，母亲就会说，你不要上阳明山了，今天在家里念书。那时我有一个感觉，就是我一定要离开我的父母，因为他们照顾我太周到了，我不能建立自己的人格。

所以去西班牙这个国家不是转捩点，离开家庭才是我的转捩点，这不是我跟家庭有不好的关系才离开，我很爱他们。但是你看那些动物长大的时候，做母亲的要把它们踢出去。我的母亲却一直把我摆在她的身边。看纪录片，小熊长大，母熊一定把它赶出去的，而我的母亲却一直把我摆在她的身边。我下定决心离开台湾，不是我要到国外追求什么，或是崇洋，绝对不是，我是最喜欢中国文化的，因为里面包含太广，太神秘了。我离开只是想建立自己，去西班牙，去美国或者去英国都不是转捩点，而是我离开了父母才是转捩点。

问：信要写到何处，你才收得到？

答：我想人有一种很重要的天赋就是"心电感应"，真的。我这次回来收到很多的信，没有回，觉得很抱歉，但是我还是要强调一点，人跟人之间"知心"最重要，信能写的实在太有限。写到哪里？写在你的心里嘛！我会知道的，不要写出来了，你在心里想我，念十遍我就晓得了。所以我说不要写信，彼此心里知道就好，我记得各位，各位也记得我，我不知道我要到哪里去，我要走很多地方。谢谢！

问：如果在这世上再有一个很爱你的人，指的是婚姻关系，你会不会答应？

答：我有一个很爱的人在我心里，叫荷西。这问题不能说，不可说，不知道。我想百分之九十九点九是"不"，因为我已经有了。

问：你想荷西愿意你继续流浪？还是另找一个归宿？

答：这是很私人的问题，我想荷西最主要是希望我幸福，用哪一种形式都不重要。在台北好？还是流浪好？是另外找一个人叫他荷西？我不是刻意流浪，而是我不知道我要到哪里去，我现在住我父母的家，我觉得那不是我的家。我今天出来时，父亲硬塞钱给我坐车，我觉得这情形不可以，不可以这样下去，他昨天发现我皮包里只有一百多块钱，他今天就赶快塞钱给我，我觉得我这样在台北下去，又要依赖我的父母。我不是刻意流浪，我要经过很多地方，是因为机票钱差不多。我不愿意流浪，我希望有一天我能够在另外一种形式的生活安定下来。

（注：耕莘文教院陆达诚神父，在三毛女士演讲后说，演讲前三毛女士通过他捐给一个单位三百五十元美金。三毛虽然自己没有钱用，却把人家给她的稿费捐出去。）

问：你是一位有爱的人，你相不相信有冷酷无情的人？

答：世界上有各式各样的人，我也碰过冷酷无情的人，当然相信的。

问：如果你的人生观是"游于艺"，只是玩，那么你认为讨论婚姻问题的时候，是否应考虑到年龄、经济、生活方式等现实问题，还是有爱就可以了？

答：我想我的对象是比较单纯的人，因为荷西就是一个大孩子，我在他那里学到最好的功课就是在他面前做一个完全的真人，这绝不是说我任性，而是我有一个好丈夫，他一直跟我说，我要你做一个真的人，我不要你做一个假的人。我说可是在别人面前还是假的呀，多多少少总是假的。也许我自己是很干脆的人，所以婚姻是很单纯、很认真的，我们是两个孩子在一起玩扮家家酒，我们没考虑到年龄、经济、生活的差异。婚姻要不要考虑到经济？我是很主观地说话，实在说，我结婚时，只有一个床垫子放在地上，铺块草席，还有四个盘子、四个碗、一个锅，也没有穿白纱，没有花，只有一把芹菜绑在头上，还是走路去结婚的，可是我告诉各位，我是世界上最快乐的新娘。我的结婚礼物是个骆驼的头骨，也不是古玩店买来的，是捡来的。所以我认为婚姻的条件，当然不能说饿得没有饭吃，但是我相信各位都起码有吃饱的条件。有些女孩觉得有钱，生活比较有保障，这是对的，但我是没有。是不是只要爱就可以了？我想爱和金钱并不相同。有些朋友最近打电话给我一打就是三个小时、四个小时，说她们的爱情故事，我听了之后觉得那不是爱情，我说你过两个月再来跟我讲，看还是不是他。是不是有爱就可以？我要问你，什么才叫爱？也许我是比较老派的人，我希望结婚时，你戴上他给你的戒指，就是你对他的承诺，如果这一桩婚姻是对的，那么我要做你的好妻子，或是好丈夫。婚后会有多少多少的问题，但戴上戒指，心里已有承诺，今生今世，好也好，坏也好，生也好，死也好，爱就来了，这是一条最方便的路。

问：三毛，你为什么这么信神？我很想信，怎么信？

答：我不知道各位有没有喜欢星象的？冬天的时候，你要我把猎户星、大犬星、小犬星、双子星座、天牛星座、北斗七星画出来，我都可以告诉你，因为我很喜欢天文，但是我读书不够，读到的就是把天上每个星座都弄清楚。各位不信神的话，我没有办法使你们相信，因为我也是一个人。但你去看天上的星，我回来后一直找猎户星，发现一点也不灿烂，找天狼星，因为它是大犬星座最亮的一颗，也不是很亮，台北的星都不是很好看。我问各位，你们看过一朵花没有？随便摘一朵你去看一看，你会发现这就是一个神迹，真的，我不是迷信的人。你看母亲生出来的孩子，她那么爱他。我前几天有一位朋友生了孩子，从年初二到现在完全变了个人，我问她母爱从哪里来的？她说是天生的。什么叫天生的？所以我为什么信神，因为我一天到晚看到神迹。各位可能认为这解释很牵强，我觉得只要用点心，看天地的一切，看动物、母亲，都是神迹，我不能说，没法回答，我相信，因为我看到了。

骆驼为什么要哭泣

我写的书不多，一共五本，这五本书的书名是《撒哈拉的故事》《雨季不再来》《稻草人手记》《哭泣的骆驼》《温柔的夜》。我自己检讨了一下，也一直记得一位作家对我说过："你千万不要在题目里透露文章的秘密。"这句话说得非常好，假如你把文章的内容，直接地由题目表现出来，别人一看就已知道里面写的是什么，猜出你所写的内容，那便不够精彩了。

举几个比较喜欢的例子。譬如说，在我写家庭生活中怎样煮饭给先生吃的事情，我给它取了一个很糟糕的名字，叫《中国饭店》，这题目是失败的，因为没有内容，没有曲折，也没有说出中国饭店的秘密，可以说那是一个失败的题目。后来，《读者文摘》将这篇稿子摘录进去以后，我将它改成《沙漠中的饭店》，这是第一篇，是一个不算成功的题目。

我将自己用各种奇奇怪怪的方法在沙漠中替人看病的经过写了

下来，这时想到了一句成语叫《悬壶济世》，已经有一点进步了。

我也曾写沙漠的朋友如何结婚的事情，因为新娘只有十岁，所以取了一个名字叫《娃娃新娘》，还是不好，因为题目已透露文章的内容。

又有一次，到沙漠探险，掉进了泥淖里去，没有办法出来，我就想是不是要写一篇《沙漠历险记》呢？后来又想到俄国有首曲子叫《荒山之夜》，这个题目我觉得可以，因读者猜不出要写的是什么，而是由文章内慢慢地告诉你，才明白这里发生了什么事情，题目是看不出来的。

在沙漠里开车，警察常找我麻烦，因为我是那里唯一的中国人，而且他们也知道我没有驾驶执照，我还在那里跑来跑去。避免警察抓我的唯一方法就是去考驾驶执照，考了之后，便想要写一个叫《沙漠考执照记》，这也不好，本来是一个很平凡的经历，里面写如何考驾驶执照，想了很久，圣经里有一句话，说雅各在做梦时候，有一个天堂的梯子下来，让他上去，他上了几格又下来了，大概是这样的一件事情，使我联想到考驾驶执照从报名、到学、到考"笔试"、到"场内考试"、到"路试"，这都是一级一级的梯子，所以这个考驾驶执照的故事，本来是一个最平凡的故事，却取了一个很好的名字叫做《天梯》，读者还不晓得我到底要写什么。一看登出《天梯》，《天梯》它到底要写些什么？你这样给他一个引诱时，他会忍不住地看下去，看到底为止，为什么它要叫天梯？这是间接式地引起好奇心，然后再让他看看内容是什么，看完了内容，读者不会觉得天梯和考驾驶执照不合适，因为，里面有解释。

又一次，我去看沙漠当地的人如何洗澡，因为他们往往很久才洗一次澡，抱着很大的好奇心，就去看了一看，后来怎么也想不出用什么题目来写，出了一个最差的题目，叫《沙漠观浴记》。

有一回我先生和我去海边打鱼，因为成本很高，在沙漠中打鱼要开很久的车才能到大西洋海，所以我和我先生说："我们把打的鱼带回到沙漠里来，我们来做生意。"我们到沙漠里卖鱼，如果说要取题目的话，最直接的就是《沙漠卖鱼记》——反正都是沙漠。一想是不行的，但鱼字又不能"赖"掉，因为我的确就是写"鱼"的事情，最后这个题目，我自己很喜欢，就是《素人渔夫》。在法国有一种业余的画家，他们不是靠出卖他们的画为生，但是每星期天作画，所以叫自己做"素人画家"，业余画家可以叫素人画家，那么我们星期六卖鱼也应该可以叫"素人渔夫"。

一般的读者，也许不知道"素人"这个名字，所以"素人渔夫"，他们可能会想，奇怪鱼是荤的，他们为什么叫素人渔夫？大概是一个吃素的人去打鱼吧！那么这样的题目也是非常成功，和内容也是很相配的。

四年以前我回国的时候，好像有一个杂志叫《现代摄影》，他们向我约稿，他们说你一定要写一篇在沙漠照相的事情，两天内交稿。我被他们催得很烦，于是便说："那这样好了，我明天早上就交给你，省了一桩心事。"所以我就写了一篇在沙漠如何拍照的情形，可是这题目又很难想，因为我不是一个十分浪漫的人，取的题目过分得不切题也不可以，想了很久，在沙漠里拍照的经历，到底要取个什么题目？结果取了个好题目，叫做《收魂记》。因为沙漠的人，他们的确认为，你照了他的话，他的灵魂会被摄影机吸进去，这对他们是万万不肯的。这种可说是非常原始的一个地方，你的照相机，他们非常地害怕，所以在这种情形之下，这篇摄影的文章，就比较成功了，因为取一个好的名字。

又写过一个中篇，记述在西非、尼日利亚二十三天的生活，是先生和我的一个真实生活的记录。当时我们已失业十二个月了，没有事情做，我们向全世界最大石油公司都发了信，因为我先生是潜水工程师，那么这方面，我们只有往石油公司去找事。过了十二个月以后，有朋友介绍我们到尼日利亚，一个很小的德国潜水工程公司去做事，我先生去了四个月我才去，这四个月，他没有拿到一毛钱的薪水，他的护照被老板扣起来了，一天要工作十六小时，可是，为什么他没有离开呢？倒不是为了什么护照扣下来的问题，因为我想当时，对一个男人来说，失业的心情是非常恐惧的，他怕万一失去了这个工作的话，不知道要再等几年之后，才能找到一个他喜欢的工作。

我去了之后，经历了种种非常不愉快的事，最主要的是一直要不到薪水。有一次，我看到一张收据，是这家公司向其他的公司收每一小时五千美金的工程费，而这个工作是我先生单独做的，就是说他每一小时替公司赚取五千美金，而我们的薪水，大概是二千五美金一个月，公司却不付，当然我所说的价钱，在台湾或许会觉得每一小时五千美金，是不可思议的，可是尼日利亚，是一个石油国家，我的先生也是极专门的人才，所以这个公司的开价是可能的。这样，在极不愉快的工作之下，我写了一篇文章，那是还有保留的，因为全写的话，也许读者可能认为我在夸张。结果我们还是在那里住了八个月，拿到了大概三个月的薪水，最后失败地离开了。

这篇文章我想了很久的题目，想不出来。那个时候是五月，突然想到五月的时候应该是繁花似锦的时候，于是就把它叫做《五月花》。我知道台湾有一个酒家也叫"五月花"，但是我并不忌讳，我的对象也是台湾的读者，可是我当时想到五月花的时候，也有此种感觉，觉得我们在那里做事的时候，好像在出卖我们自己的身体，也在出卖自己的灵魂一样。所以这是一种潜意识的，为什么一个这么不愉快的回忆，取了一个这样美丽的名字，叫做《五月花》呢？我在我的文章里轻描淡写地提到一句，如果读者不仔细看它，就会忘记——是我先生工作了十几个小时回来，手指几乎断掉，躺在床上，根本没话说就睡着了，睡着的时候，我的文章就对他说了一句话，说："你睡吧！因为在梦里没有呜咽，也只有在梦里才能看见五月的繁花。"就是这几句,因为这是和题材完全相反的。为什么称五月花?因为我们本来追求的是五月的繁花,而我们没有得到,这是我取的所有题目中最奇怪的一次。一件相反的事情,给它这样的一个名字,可是,以后我的读者和我谈起来了,我发觉他们对于这篇文章印象很深,题目记得很牢,我再问他们说,你知道我为什么把它叫做五月花吗?他说的对呀!因为你没有看见五月的花嘛!

最后一年,我们离开了沙漠,我们卷进了一个政治的波浪,叙述西属撒哈拉要被摩洛哥和南部的毛里塔尼亚瓜分掉,这件事情在国际法庭海牙,打了很久的官司,最后,海牙国际法庭的决定是由当地的撒哈拉人自己决定他们的前途。就在这天宣布的时候,摩洛哥的国王哈珊,开始了和平进军。这是非常可怕的事情,因为我住的地方,离摩洛哥的边境,只有四十公里,我们这边的西班牙政府,好像不知道民心一样,每天就把摩洛哥,它如何组队,如何往撒哈拉走过来的纪录片,放到我们这边的电视新闻来给我们看,我们看后真吓死了。而且,因为他们是载歌载舞而来,那种感觉比他们拿着枪刀还要可怕,国王走在前面,然后后面的人在打鼓,再后面的军队(民众)就跳舞,沿着大道在跳,这时我就想到古时候,我们的所谓"四面楚歌",那真是我一生当中的非常可怕的经历。你的敌人来了,可是他是唱着、跳着来的。在那时候,哈珊国王说他二十三号的时候要拿下西属撒哈拉,他是十七号开始进军的,这哈珊很懂心理学,他不说我要拿下西属撒哈拉,他说:"我二十三号要来和你们一起喝茶。"我被这句话几乎吓死,在这样的一个大动乱的时候,当地有游击队,有西班牙的磷矿公司,大概有两千个员工,有妇女,有学校,有西班牙的军队和警察,这么多不同样的人,他们在这最后的一刻,有什么样的反应?我想到这一点,观察了一下,想把它写出来,但是,如像报道文学那样写的话,没有一个主角,这件事情就没有一个穿针引线的人物,于是我就把一个特别的事情拿出来,就是当时游击队的领袖名叫巴西里的,他是我的好朋友,他太太沙伊达是一个医院的护士,拿他们两个人的一场生死,作为整个小说的架构,而用后面的背景来引述发生的这些事情,那时我大约是撒哈拉最后离开的四个外籍女人之一。

这篇文章,写成了中篇,我拟个题目,最先想到的题目不大好,叫做《撒哈拉最后的探戈》,后来,我的先生说:"台湾有没有演过《巴黎最后的探戈》这部电影呢?"我说听说是禁演的,他说:"别人会不会想成这方面的呢?这个题目会不会被禁掉呢?"我说不会吧!大概不会吧!因为这探戈不是巴黎来的。

这篇文章写好了,一直想不出题目,后来改了很多种形式,最后还是想出来一个最简单的——《哭泣的骆驼》。为什么要哭泣?当时我的朋友沙伊达被强暴之后,再被她要求自己先生的弟弟打死了,这是一个大时代的悲剧,取名《哭泣的骆驼》,是我五本书里面最好的、最合适的，而且并没有透露内容的一个题目。

　　我自己一些文章的题目，差不多是说完了，现在再分析一下，就是我写文章的时候，有的地方，例如说《天梯》是没有透露文章内容的题目。另有一种就是与内容完全相反的名字，如《五月花》。还有一种就是移情作用，是一个悲剧，但悲剧那个人物并没有哭泣，哭泣的却是第三者——骆驼。再详细说明一遍，有一种题目是直接性的，用广告俗语来说："请买某某牌电视"，这是直接式的。第二种，就是让他猜你要卖什么，这就是《天梯》。还有一种就是你请他买王先生的产品，但是你告诉他说："在李先生对面有一种好东西卖。"你不提一句王先生，这就是《五月花》。我觉得做广告和写文章，有很密切的关系；在我十八岁的时候，也替台广做过几个月的广告撰文，本田机车的广告我做过几个，可尔必思"初恋的滋味"，是朋友们与我共同想出来的广告词。

流星雨

市长、馆长、王社长，还有谢谢王大空。各位亲爱的同胞、乡亲，今天我定的这个名字，我想有很多人会误会说，三毛一向很喜欢看天上的星座。所以，她要来说的是有关星星的故事。

事实上，我定这个题目是一刹那间的灵感。因为当时《民生报》我的朋友黄美惠小姐打电话来跟我说，有某某人说这个，有某某人说那个。我听到他们的题目，都是非常的崇高而伟大，我想着我怎么办呢。后来，她问你要讲什么，我就说我要讲"流星雨"。讲这个，她说："哦，好好好。"那么流星雨到底是什么呢？它是一个谜，我并没有把它说出来。刚才王大空先生介绍说，我走过了很多的山，涉过了很多的水。偏偏今天要讲的是，某一天我在台湾的经历，我不讲国外的事情。

今天要讲的"流星雨"有一个比方：我们的父母是恒星，我们回家，他们永远是在的；我们的朋友是行星，有的时候来，有的时候去，但是他们也是天空中的星；那么流星我把它看为哪一种人呢？我把它看为在我们生命中擦肩而过的，一些可能你今生再也不会碰到的人，我将他们叫做流星。

在我的一生里，有许许多多的流星，像狮子座的流星雨一样"哗——哗——哗——哗——"地穿过，每天都有。只要你带着心灵的眼睛，你带着爱世界、爱人类的一种赞赏的心情的话，我们时时刻刻都可以碰到这些流星。譬如说，我自己也是一颗，今天，各位又是好多好多颗，在这个地方。

话说在一个春光明媚的星期天，我开着我的一部老破的二手喜美小轿车，到淡水八里乡附近去做一个下午心灵的舒展。因为平常我很忙，我最喜欢的事情就是开大概一两个小时的路，让我接近一下大自然，我再回来。我这一路说下去，各位就可以看到一个一个一个的流星了。

车子慢慢地开，以大概四十五到五十公里的速度慢慢地开。我的车子里面放着一卷录音带，我的身边坐着我姐姐的孩子黄齐芸。我跟她很投缘，她是我的外甥女，我们两个人一路讲话就一路往淡水开。开过关渡大桥的时候，我就和我身旁的芸芸说："老天爷，幸亏他们没有把它漆成银灰色或者什么水泥色的，你看一个大红的桥,像彩虹一样的,多么的美丽!"转过了关渡之后,我就带上我自己心灵的眼睛来看看属于我故乡的土地。

第一个看见的,就是在公路旁边写的一个很有意思的招牌,叫做"人生铁工厂"。我个人很喜欢心理学,我就认为说,一个老板要是把他的铁工厂叫做"坚固铁工厂"或者"防盗铁工厂",这是实际的。可能这一位老板他读了一些书,但他又不得不经营他自己的事业,所以,他给他的铁工厂起了一个很雅致的名字,叫做"人生铁工厂"。因为我个人一生都是在文字的圈子里面翻滚,所以对于文字我相当的敏感,看到"人生铁工厂"的时候呢,我心里就有一种愉快的感觉,觉得中国字的组合真是美丽。你从他这个起名里面就可以猜测到主人大部分的心态。

车子继续地走下去,风从右边的窗吹进来,很柔和的微风,那是春天。好,看到一个——我今天讲的都是流星雨——看到一个人戴着口罩,骑着一匹破的"野狼",野狼机车,穿着夹克,后面看显然他带着一个打鱼的网子、一根鱼竿,一个鸭舌帽。我知道他要去钓鱼了。他慢慢地开过的时候呢,我就跟芸芸说:"快呀,我们——"我也慢慢地在开,我说:"我们给他叫过去,给他叫过去!"因为他一个人"嗒嗒嗒"这样在开。我觉得这是一个美丽的星期天,应该把快乐带给所有的人,我就跟他叫,一面开,一面叫。我们两个说"一二三"一起叫"孤独一匹狼——",那个人的脸笑得——他的嘴都笑得超出口罩之外了。(听众笑)

为何说这些小故事呢？当然最后我会做一个收场。但是各位也可以看到，三毛这个人，每当她出去游山玩水，即使是去一趟淡水也好，对于整个的人类和我们的乡亲，她都是用充满着赞赏的心情去观看的。

叫完了"孤独一匹狼"之后，看到许多没有完成的游艇架着——被架高了放在平地上。我就想，对，台湾的游艇有一阵在国际上是很有名的，做得很好。我们来猜一猜看，这个游艇的公司到底要叫什么名字呢？车子一路地开下去，过了几秒钟之后，看到了游艇公司叫做"海鸥游艇公司"，你看多么的美丽！再走下去的时候，有一家洗衣店叫做"泡沫洗衣店"。（听众笑）各位，如果我们是带着心灵的眼睛去看我们的乡土的时候，片片都是好风景——"泡沫洗衣店"。

过了淡水，往关渡转，往八里乡要到廖添丁的庙那条路上去的时候，又看见了一颗、两颗美丽的星星。

一部意大利的摩托车，也是半旧的，坐着一个学生打扮的男孩子，跟我们这边任何一个男孩子一样，戴着一副很文雅的眼镜；后面也跨坐着一个穿着牛仔裤的长发的女孩子。两个人看上去，嗯，他们的身份像是大专学生，在那里郊游，因为是星期天。女孩子很自然地抱着男孩子的腰，这个男孩子呢，就回过头去跟女孩子说话,女孩子呢,就这样趴过去跟他说话。他们说的话当然被风吹掉了,我们是听不见的。可是就在那个时候,我的收音机里面放出来一首歌《你是我的生命》。(听众笑)太好了,那个配音哦,配得太好了!好像电影镜头,这边情侣在走,这边是英文歌,非常缠绵的《你是我的生命》,用摇滚的音乐把它唱出来。

这么一路走下去呢,走到了小桥,走过了流水,于是四周的房屋就来了。我个人最爱看的就是乡城小调的风景,现在眼看台北附近的红砖房子一栋一栋地减少,我的心里异常的着急。那天呢,小桥流水之后,看到在修路。修路的时候,车子自然慢下来了。一个穿着像电视剧里面老太太衣服的本省老妇人——我想,她是一个老阿嬷——居然头上还扎着一个黑黑的里面有一颗玉的东西,好像电视剧里才会看到。她住乡下啦。她拿出一个洗脸盆来,对着她这个红砖屋外面一丛已经被灰尘污染的石榴花,这一盆水就"哗"泼上去。我说:"好健朗的老太太!"水泼上去的时候,这丛石榴花的红照眼明啊,真是美丽!又一颗流星在我眼中过去。

再走再走呢,我们看到了廖添丁的庙。我就问芸芸:"嗨,廖添丁的庙,我们要不要去看一看?"芸芸就说:"廖添丁是个贼哎。"我说:"哦!不要这样讲他,我们叫他是——义贼好了,或者说义侠好了。既然他是一个传奇人物,我们去看看吧。"于是,我们去的时候就想，到底廖添丁的庙要叫什么名字？结果一看叫做汉民祠。我个人呢，非常喜欢台湾的风土民俗，我本身是基督教徒，可是我觉得这是不相干的，两回事。有庙我也必然进去看看，它的一些建筑啦，或者它的雕刻啦，他们拜的是什么神啦，甚至于最喜欢看的就是那些祈祷的人虔诚的眼光和口中念念有词的表情。

于是，进了这个汉民祠之后，我就看到香火很兴旺。我拉了芸芸往里面走，看到一个据说是廖添丁的坟的地方。又看到我们中国人可爱的一面。大概有许多的人是来还愿的，大概有许多的人实在太敬爱廖添丁了，他们替廖添丁做了很多西装，就把它们挂在他的坟旁边，一套一套的西装用塑胶袋装起来，还有人送他玩具小汽车，各色各样的都有。还有放着长寿烟啦，什么烟什么烟，所有东西都是给廖添丁的。各位看到这一点如果没有联想的话，它只是一个普通的画面；如果我们有着联想的话，可以想出很多很多的故事来。就是为着这一套西装，从他买料子怎么制作开始，到他怎么去拜拜，再送给廖添丁，然后他跟他许了什么愿，这个我们都不晓得。

这些熙熙攘攘的人走过之后，我走到正厅去。我个人喜欢美术，所以我对于光线非常敏感，对色彩也相当的敏感。那一天，当我一脚跨进汉民祠的门坎进入正厅的时候，我发觉庙里面灰灰的烟火这么升起，整个庙的影子是朦胧朦胧的。那是中午十二点多哟。虽然是日正当中，可是有一方斜斜的太阳从正门像刀切一样地切进来，照在一条板凳上；那个板凳的上面坐着一个卖爱国奖券的老人。他有一顶帽子，我最近看演《国父传》，国父也戴那种帽子，如果看过到非洲去探险的电影，里面也有那种大盘帽。卖爱国奖券的那位老先生就坐在这个阳光照到的一角。

他坐在那个地方，头微微地低着，手里面用夹子夹了这么一排爱国奖券，帽子摆在他的身边，他好像很疲倦的样子。大家忙着拜拜，并没有人注意他。我站得远远的，一看他的时候，他在光影的照耀之下，我觉得这个图片实在是太好了，如果在摄影棚我一定会按下快门。

我在那里微微看着他的时候——这位老先生很厉害，他有着一种职业上的敏感——我这么微微地看他，还差好多步呢，他就一抬抬起头来了，眼光跟我交错了一下。既然他的眼光跟我交错了一下，我觉得总是有缘人，就慢慢地朝他走过去。

我说："欧吉桑，我要跟你买。"欧吉桑，我要跟你买奖券了。伊讲："好，汝要买几张？"我讲："随便你拿，拿五张也行。"伊就拿奖券起来，慢慢地找那个号码。"823423卡好，还是2434那个给你？小姐，是要拿什么号码给你？我想要让你中奖。"伊就跟我讲，讲起闽南话来，"我来甲汝讲……"好，这段是闽南语，我们现在演讲……（听众笑，鼓掌）既然现在竞选也有用闽南语，那么我暂时借用一点点台湾的方言，我们是台湾人，我们讲台湾话，一点点。

他在那里给我挑号码，认真地给我挑。其实，我要买他的奖券不过是出于一种恻隐之心。我哪里想中奖呢，对不对？在这种情况下——他是不晓得的啦，他是好热心地在那里替你挑号码——那我就让他随便挑。挑好了我就付给他钱，他就把奖券仔仔细细地放好交给我，居然还有一个红封套——"祝君中奖"。

我就讲："欧吉桑，若是我会中，我就转来找你哦。"如果我中了奖我就回来找你哦。开始他在选号码的时候，我讲："你随便拿。"你随便找啦。"是不会中的。"不会中的啦。他就跟我说："会中会中，会中，会中！"找找找，找到我把钱付给他的时候，我讲："欧吉桑，若是会中，我就转来找你哦。"我要谢谢你的意思。伊就讲："唉，不会中啦。"（听众笑）真是可爱，各位去汉民祠的时候，再跟他多去买几张奖券。他给了我一个美丽的星期天，美丽的对话。

从汉民祠出来的时候我们又看到了光线。在这个太阳底下，汉民祠的对面，有一个小小的红房子，甚至于没有层层叠叠的瓦，只有一个儿童画一样的房子。里面是全暗，外面是全亮，暗的里面你看到的只是一个红色的供神的灯，大红色在里面。我就这样远远地看它，哦，原来是一位算命先生，他就坐在现在我站的这个位子，一个小小的房子里头，他后面有供神明的那个灯。这边坐一个男的,这边坐一个女的,两个人的手都放在膝盖上,规规矩矩地坐着,好像要问这位算命先生,我们两个人的八字是不是相配啊。他们的表情是这样的严肃而充满着一种幸福的渴望。

各位就说:三毛你怎么会看见那么多东西呀?我看见了,我看见了,我并不是说提倡算命,但是以这两个人的心情,那个算命先生一本正经地把这件事情当做他人生最大的事情在为他们批命的时候,他们的画面,这两位同胞的表情使人震撼、喜欢!

经过了这个算命呢——我有一个好好听的还没有讲到——算命之后,我们经过汉民祠就往海边开去。这时候我发觉台湾的指标非常的清楚,即使是只有三五间人家的一个小村庄,它都有着指标。有一个指标写着"下福",往下去的"下",福气的"福"。我就跟我旁边的妹妹芸芸说:"妹妹,我们不到下福去,我们要去上福才对。中国人嘛,福气是很重要的事,下福我们不开,下福既然在右边,我们就往左边的海边开。"

好,开到海边的时候,稻田来了。这边是青山,这边是稻田,一条窄窄的不及这个讲台宽的柏油路,铺得很好。那一带沿海的房子就漆着深黑的颜色,不知为何,柏油的颜色非常美丽,它是另外一种画家眼里的风景了。我们开过去的时候就碰到了一辆军车。大卡车,很大,上面没有盖篷,带了一车的阿兵哥。我那个车又破又小。于是我们就交会,远远地眼看要交会的时候呢——

我这个人是很自卑的啦，他大车来了，我小车来了，我就赶快把我的车子挤挤挤，挤到稻田的边上去。在这个时候，他们也看到了我，我也看到了他们。那些都是服兵役的小孩子啦，他们一个人是不调皮的，一群人坐在大卡车上的时候是顽皮得不得了的，尤其是看到女子开车经过，我就知道他们要整我了啊。（听众笑）

我们两辆车终于交会了。谁说中国人是含蓄的，是纳闷的，是害羞的？这批阿兵哥就叫："民爱军，军爱民，小姐小姐你到哪里去？"（听众笑）后来呢，我就把手伸出去——因为这样交车，他们从这边来，我从这边去嘛。我就说："去海边。"他们又说："军爱民。"我就给他回一句："民——爱——军——"（听众笑）两部车过去的时候我笑得不得了。我觉得人生怎么那么好玩哪！我的同胞怎么那么可爱！并不是一趟淡水，每天都有这种事情。

经过阿兵哥以后呢，慢慢地风景就比较寂寞起来了，是我喜爱的一种风景。所谓公路局车站，也已经到了底站。我看到了公路局车站的底站的时候——有好多公共汽车停在那边，我就知道是底站了——我就继续地往下开过去，我不知道我要开到哪里去，也没有一个目的，只是出来逛一逛嘛，就开下去。

开了几分钟之后，我发觉在我的前面有一个女孩子，头发比我长，（听众笑）比我美丽。从她的背影看到的是一件雪白的衬衫，一件墨绿色的小背心——墨绿色就是黑松汽水的瓶子再绿一点的色——然后一条墨绿色的仔裙,下面穿着一双黑色的高跟鞋,很高。背着一个皮包,左手提了一个好像是点心盒的一个白盒子,在那边走路。

我这个人有一个习惯,但是常常吓到台湾的同胞,(听众笑)就是我不管别人说载人有多危险——我在西班牙看见有人在走路,不像是慢跑,也不像在散步的样子,我一定把我的车停下来说:"哎,你要到哪里去啊?上车吧!"我一定有这个习惯的。在台湾,我也做过很多这样的事情,可是即使是天下大雨,他们都不肯上我的车,他们怕我怕得不得了。(听众笑)我有一次在阳明山碰到一个老阿公,在下雨天的雨地里。那时候,我在文化大学教书,当时我看到他在淋雨我就很急啦,我车子就赶上去,在他的面前停下来说:"老先生请你上车来,我载你去。""啊,不要!"他深夜见鬼,如见女鬼,(听众笑)他"啊——"吓死了。因为台湾治安不太好,大家都不敢停车载人,更何况是一个女子停车要载男子。

刚才说到了那个长得像一枝水葱一样的女孩子,全身绿绿的,白白的袖子,黑色的长发,我都形容过她的背影了。我开过了她,后来一想:哎,这个女孩子不是来郊游的。第一,她穿的是裙子;第二,她穿的不是球鞋。我甚至于没有走路都穿着球鞋。她是回娘家,还是要去哪里?这条路公共汽车已经没有了,计程车也叫不到了。这么一想的时候,我那车子就"呜——"往后倒,倒到她面前的时候,我就把车门打开来了。我当然刹车了,手刹拉住我就下车了,我说:"这位小姐你要不要坐我的车,你要到哪里去?"她说:"哎,我、我、我……"

因为我这个人是极不会穿高跟鞋的,各位知道,所以我对穿高跟鞋的女士都非常同情。(听众笑)我不会穿高跟鞋,我穿上觉得寸步难移,所以都是平底鞋。我看她脚下那双高跟鞋,就非要请她上车来不可啦,我就跟她说:"是这样的……"那个时候,我是短发,现在又长发了,这个比较像三毛。我就说:"这位小姐你有没有听过一个写字的人哪……"我当然不敢称我自己是作家啦,永远不敢这样称。我说:"你有没有听过一个写字的人,她的笔名叫做三毛。"我实在没有办法把她骗上车,只有把自己讲出来。她一听是三毛,就"哇哈哈……"笑得高兴得不得了。(听众笑)果然,她本来不相信。她说:"你的头发剪掉了?"我说:"对,剪掉了,上车来吧。"当然没有办法让她坐前座,她就坐在我们的后面啦。我说:"小姐,你要到哪里去?"她说:"就在前面不远的地方。"

我就慢慢地开,既然是郊游嘛,就慢慢地开。那个时候差不多是下午一点钟了,慢慢地开开开开。怎么她老不下车啊?她说就在前面不远的地方,怎么不远?我就偷偷地去看那个码表,不得了!已经走了七公里了,她还没有下。我想:可怜的孩子,她如果提着她那双高跟鞋光脚走嘛脚磨破,穿高跟鞋走不晓得走到晚上几点钟才能到。

结果走到那条路被吹得已经有点被沙挡住的时候,她说:"好了,三毛,我在这里下车。"一看,"海防部队",我完全了解了。我就说:"你是不是来看你的男朋友?"她说:"是。"很开心的样子啊。(听众笑)我心里面就演了很多很多的故事啦。我把她放下来,还好我带着她。

于是,我和我的外甥女芸芸两个就再往前面开。开到后来路不好了,我们就到海边去捡石头,玩啊,叫啊,跳啊。过了差不多四十分钟,很短的时间,因为下午我还有事。我说:"好吧,我们回去吧,今天礼拜天已经过得够快乐了啊,我们就回去了。"往回路走走,耶,那个背影又在前面了。(听众笑)奇怪啊!我就开过去,叫她:"刘小姐。"她告诉我她姓刘。我说:"刘小姐,真是有缘啊!快点上车来吧。"

我看她神情不太对,我背过去替她开车门说:"快上车来。"上来了,我就从后望镜里去看她,神色不对,不像去的时候那么快乐。我说:"你怎么那么快就出来了呢?路好远,跟男朋友说话可以多讲一下。"她说:"他不在。"我就跟她说:"难道你要来看他,他不知道啊?"她说:"我想给他一个惊喜。"(听众笑)我心里就想:你想给他一个惊喜,结果你自己吃了一惊哦!(听众笑)他不在。

我慢慢地开下去的时候,注意到她手上的那盒点心已经不在了,可见她留下来了。我就问她:"你的朋友是回家去了,还是怎么样了？"倒不是说要问她的私事，而是我们一路开车总得有点话题吧。她说："他到新竹去开会了。"我说："哦，那么是一位长官喽。"她说："他是陆军军官学校毕业的。"讲的时候非常的骄傲。我说："哦，好学校，真好！"

一路开下去的时候，我发觉她的头越来越低，越来越低。我就说："你住在哪里呀，刘小姐？"她说："我住在中和。"我说："我碰到你的时候是下午近一点钟，你是怎么来到这里的呢？"她说："我——我——我今天早上六点多钟就出门，坐公共汽车到台北车站，到台北车站再坐公共汽车到淡水，从淡水再坐公共汽车到什么什么地方，从那边再坐公共汽车，再下来才碰到你。"你看你看，早上六点多出门，为了一个她心爱的男子，弄到一点钟还要在那里走路。我们可以替她想，对不对？替别人着想是很重要的事，你可以替她想到她的委屈，她的辛酸——结果没有碰到。

她就这么一直讲，一直讲，一直讲哦。她自己就说出来了："我在一个文具店里面当店员。"我说："啊！我最喜欢的东西就是文具。"这是真的，我倒不是要奉承她，我最喜欢的东西就是文具。我就跟她说："那不是很好玩吗？砚台、毛笔、钢笔、原子笔什么，拍纸簿什么。"她就说："嗳，是呀。"我说："那你多久可以休假一次呢？"她说："我们是两个礼拜才有一个假期。"真是很可怜哦，两个礼拜才能休假一次。我就要鼓励她，我说："不要紧，下次你再来看你的男朋友的时候，你写一封限时专送信给他，说'某年某月某日某时，我要来看你，请你在你的部队里面等我。'"她说："我也不知道他什么时候会有空，他又不爱写信。"我就说："男朋友跟你多久了呢？"她说："已经四年了。"我说："那你们是不是每两个礼拜见一次面？"她说："不是，以前他在绿岛。"我一听绿岛吓了一跳。（听众笑）我说："他在绿岛做事是不是？"她说："对，在绿岛，在那里服务。"我说："那好啦，现在不在绿岛了，在淡水你们总近一点啊！"那个时候，我看她都快要流下眼泪了，这个女孩子大概很爱她的那位男朋友。

后来，她就跟我说："陈姐姐，你可不可以送我去中和？"事实上，我可以送她去中和。当一个人充满着盼望要去一个地方的时候，我们要把她快快地送去。如果说她已经失望了，她预备整天的时间跟她的男朋友坐在他们军队的会客室里面谈天，而这个准备，这个计划全部落空的时候，不如让她再慢慢地转公共汽车回去，等她转到家已经是万家灯火的时候，她的悲伤也比较少一点。如果说她要去中和，马上送她回去，她坐在一个租来的——她告诉我的——租来的一个没有窗的屋里的三夹板床上坐着，她那一天如何排遣，请问各位。

所以，我就跟她说："刘小姐，你还是坐公共汽车慢慢地回去好了。"这个心态我没有跟她讲，因为既然这一天她是安排好的。她说："好，谢谢陈姐姐。"她就下车了。下车了，她头低低的，有一点难过。我就叫她："刘小姐，来，我还有一句话跟你讲。"

她就过来了，我拉住她的手，说："刘小姐，男朋友下两个礼拜就可以见面了，你不要么么太在意。"我没有说她悲伤，但她眼角都有一点泪水了。我说："你不要这么的在意，有些相爱的人一分离这一生就都不能再见了，你了解我跟你说的意思吗？你还是一个很幸福的人。"她说："我知道，我知道，我知道。"她就走了。

我喜欢从后望镜里去看东西，我的车子慢慢地开，慢慢地开……后望镜这么一侧过来的时候，看到那个女孩子的身影，我好像看到了她的心情，使我想起了一首台湾的民歌，"独夜无伴守灯下，清风对面吹，十七八岁未出嫁，想着少年家……"（三毛唱歌）假想她见到了那个军官——（听众笑，鼓掌）我不是在唱歌给各位听，是加了我们散文里的配乐——假想那位刘小姐碰到那个军官，他们是含蓄的，他们是一种中国人精神的情侣。两个人会客室一见，男的坐这边，女的坐这边，两只手摆在膝盖上，那个女孩子把那盒点心轻轻地推过去说："给你吃。"（听众笑）那个时候，我们就有另外的歌词了，"果然标致面肉白，谁家人子弟，想要问伊惊歹势，心内弹琵琶……"（三毛接着唱）

这个女孩子我终生不能忘记，我不知道为什么。这是一个这样平凡的故事，我常常想起这个故事，我不知道是为什么。我觉得她代表了一切我们中国的女孩的那种情怀，她是一种中国女孩子情怀的代表。一个小小的店员，可爱的文具店的店员，想到要去会她的情郎，在前几天的时候就在那里想她要穿什么衣服，到了前一天的晚上，就把她仅有的几件衣服在那里白的配绿的，红的配蓝的，蓝的配黄的，在那里排排排排排，想到的都是明天的快乐。然后打扮得漂漂亮亮去，那件白衬衫不知道是浆了，洗了，漂了，烫了，全部都弄好了。店员下班是很晚的耶，我们算她下班11点回家。我觉得她真是一种中国现代的乡土派的女孩子的代表，所以我不能忘记她。

好，离开了这个女孩子之后，我想到林口去走一走。因为常常听人说林口，我想林口总有一个小镇吧——刚才又飞掉一颗流星。林口既然有小镇我没有去过，还是顺路去玩一玩吧。结果一开开到一条完全不认识的路了，有一个大桥，桥上有一个阿兵哥，在那里拿了枪。我不认识枪种，他拿了枪站在那个桥头。我就把车子开到他旁边，停下来。可是不能跟他讲话，我觉得问路的时候，如果交通不拥挤，应该下车问路比较礼貌，那时候我走的那条路根本没有交通。

于是我下车，走到那个阿兵哥面前，我也不知道怎样称呼他，就说："这位先生，请问你到林口的路怎么走？"他说："你往后走下去，再左转，再转回来，再过左边的桥，再右转。"（听众笑）可爱呀这个人！这真是可爱，台湾的百姓真是可爱。我就听他的话，开车从他的身后走下去。我一看马路很宽，可都是双黄线，我不能左转，一直开一直开，开到前面好远了，都没有错开的黄线，表示我不能转。我不能转怎么办呢？我看没有交通流量，我就倒，把它倒回阿兵哥那，我说："阿兵哥，请你实在告诉我，前面不能左转啊，拿你的枪指给我看嘛！"他说："枪是军人的第二生命……"（听众笑，鼓掌）"我不能把枪放下来，枪是军人的第二生命。现在你朝我后面走，你再左转再回来，再过桥。"他没有办法了。

我就照着他的意思走。我真是很守交通规则，走了很远很远以后，有一个左转的地方，我把它转回来，再转到阿兵哥的桥头。我在汉民祠买了一点橘子，我把车停到边上去，把一个橘子拿下来。他不敢动，还是那个样子像个菩萨一样站着。我就跪下去，不是双膝，是一膝跪下去，在他的脚前放下了一个好大的橘子。然后说："阿兵哥，请你吃橘子，谢谢你。"给他供了一个橘子上去，（听众笑，鼓掌）就走了。

离开了那个阿兵哥之后，还是找不到路。他真是一个好阿兵哥，但他指路不清。我也没有办法了，这时候走走走……好，就看到了骑摩托车的大概有五十几岁很瘦很黑的一个——一看就是一个本省人。在那边我们能够看到比较本省的人，不知为何。

他骑摩托车，所以皮肤晒得很黑。我看他在发动他的摩托车，很旧的摩托车，所以我就赶快下车来，说："先生，请问到林口的路怎么走？"他说："那边啦，那边啦。"他很木讷而且害羞。为什么呢？因为我穿了一条很短的短裤。（听众笑）你知道，是一条郊游短裤，他大概是不敢看我的腿。他很害羞，想这个女孩子是谁啊，穿一个这么短的短裤来问路。

他不敢看我，但是他很好心，就说："在前面哪。"他拼命踩自己的摩托车，发动了。我的车子也上去，他跟我讲得很含糊，我也不知道怎么走，结果他一冲刺就出去了，出去的时候不看我，就做了一个很有意思的姿势。然后，他的摩托车就拼命地加速，"哇——"一直开一直开。为什么？他唯恐带路把我带掉了。他那片心啊说不出来呀，但你可以看到，他是这样的着急，拼命地开到我车子的前面。我就一直在车窗叫："先生不要那么快，我可以慢慢地开，你不要那么快。"因为摩托车那么快很危险嘛！到了一个转弯的地方，左边林口，他要往右边。他停在路边，然后我车到的时候，他跟我这样一指。我不能谢他，就按了三声喇叭，"哔——哔——哔——"走掉了，两边分手了。

去过林口之后，数一数皮包里还有钱——我从来不知道我皮包里有多少钱——那么再绕回来去一趟八里安老院吧。那边的老人吃饭、吃点心、穿衣都靠我们的同胞乐捐，没有任何的恩惠、没有任何的支持。我今天不做这方面的演讲，我们就是去了八里安老院。

碰到了一些老太太进去，那是我常去的地方，所以常碰到她们。我把口袋里多的一点钱先交给会计处，就去跟她们打打招呼。看看她们的时候，就有一个老太太来跟我说："小姐——"那个老太太把我掐得紧紧的，抓住我的手，"小姐，我告诉你，这里不好！他们的菜我吃不惯，给人吃的点心也不常常是咸的，都是甜的，我不喜欢。这个修女好坏！都要叫我们晚上睡觉。"在那里抱怨，抱怨，又抱怨，又抱怨。那个修女像圣母马利亚一样微微地笑着，明明听见，却微微地笑着，笑着跟我们点点头，慢慢地走开。

一位上海籍的顾修女。她们的精神真是伟大，沿门托钵在那里求，那个老人还要骂她们。骂这个，骂那个，但是那位顾修女就这么微微笑着，她认识我还跟我点点头，她明明听见那个老人在骂她，明明八里安老院的设备是最好的，天下哪有不被人批评的事情呢？这个老人这个样子，要是我，我心里就想：哎呀，你们这些老人实在是要用很大的爱心来对付哦！要给你吃三餐，还要给你吃两顿点心。

再走过八里安老院的食堂，吃点心的时间还不到，一个老先生拿了一根条棍在那里捶桌子，咚哪哪哪，"点心——点心——点心——"，在那里叫。修女都默默地在为他们服务。看到了这些，我心里有很多的感想。

我现在还不收尾，刚才的一篇散文是《淡水的旅行》，我的所见所闻，有关我的同胞。现在再说几个零碎的小故事，给各位作为一个准备。大概再过二十分钟以后,我跟各位对谈,因为我觉得各位没有讲话的机会,只有我在上面说话,机会很不公平。各位喜欢跟我做一些什么样的对谈,请你们写在条子上传上来,我将下一个钟头的五十分钟左右的时间交给您,交给各位,你们现在就可以预备纸张,那么我再讲。

刚才是一场淡水的旅行,现在再说说我在台北市里面所碰到的一些杰出的人物,平凡的人,如我。我今年已经把我的汽车卖掉了。有时候我走路,有时候我坐计程车。我个人非常喜欢走路,只要有时间我就喜欢走路,坐计程车的时候也有。

有一天坐上了一部计程车,那个计程车司机也没有跟我说什么话。我坐在后面,他坐在前面。坐坐坐到民生东路口遇到了红灯,于是,我们两个人不约而同地就往左边的一个车子看去。一看,左边是很漂亮的一部轿车,里面坐着一个很美丽的女人,脸瘦瘦尖尖的,烫着蓬蓬的头发,非常美丽。她的怀里抱着一只狐狸狗,那个女人嘴尖尖,那只狐狸狗也是一样的,狐狸狗头发的那个样子也跟主人一样。(听众笑)我开始看的时候,那个司机就很敏锐,他说:"小姐,你看你看,那个狗主人跟狗长得一模一样。"(听众笑,鼓掌)我现在讲这些还是为后面,我要在结尾的时候才说一些其他的话,今天我们大家笑个痛快哦!

于是,我就跟那个司机说:"我们再去追她,我们再去追她,我喜欢再看一眼。"那是同路的,我们就一直追,一直追。那个女人大概以为我们看她很漂亮,于是她的头抬得更高。她很可爱,是一个美丽的女人。那个时候,我同时想到这个计程车司机先生怎么那么敏锐。他在那边吃东西,一面吃一面开。我说:"哎,先生,你的感觉很敏锐,你可以从事艺术工作。"他说:"是啊,不过开计程车是非常好玩的事情哦!小姐,你是不是要去台大医院?"我说:"对,我去看一个朋友。"我又问:"你吃什么?"他说:"我吃槟榔,你要不要?"我说:"啊——这个东西不敢吃,但你不要吐到窗外去呀,你要拿一个罐子来吐,你这样吐出去像血迹一样嘛。"他说:"哦,对不起,对不起。"

于是,两个人聊起天来了。他就批评台湾的电视剧,他说:"台湾这个连续剧……"不过最近有几个好的连续剧,像《我心深处》是真好的,有教育意义的。再回到计程车上,"有些电视剧——"计程车司机就大发他的议论,"把我们成年人当三岁小孩子啊……"突然,他把那个表扳下来说:"小姐,你急不急去台大医院?"我说:"我本来是急的呀,因为我一个朋友生病,但是今天跟你这位杰出的先生谈了话之后我不急啦。"(听众笑)他说:"那——我们开到那个……"台北火车站对面有一条高速公路可以衔接上去的那个桥。我们在台北火车站那边本来要转的,他跟我讲话开错了,已经开到火车站。他说:"直接开上去好了。"我说:"好,你开出去。"他说:"那我就不算你钱了,以前的算。"我说:"好。"开了。

他说:"你知道意大利战后的黑白片《单车失窃记》吗?"我的老天爷,哎呀!第一流啊!我个人最爱看电影,从一个吃槟榔的计程车司机的口里说出《单车失窃记》来!他说:"这样简单的一个片子,一个小孩子的一部脚踏车被人家偷去了,可以拍出这样高水准的一个影片来,而且是黑白片。"他给我做了很多分析之后,一个一个一个名片讲哪,大概从二次世界大战以后的名片,《洛克兄弟》啦,最后他跟我讲到《远离非洲》。不是不是不是,《远离非洲》还没有演,那个叫什么,Passages to India——《印度之旅》,讲到《印度之旅》,哎呀!他说:"小姐,我真是快乐,今天终于找到一个知音哦!听了我一生要讲的话,我太太也不要听我,我小孩子也不要听我,坐计程车的人都没有给我讲话的机会。我今天终于讲了这么快乐的事情。实在太快乐了!好,吃一颗槟榔。"然后说:"你还是吃一颗吧。"这样回到了台大医院的时候,我们彼此留下了地址。我深深地赞赏他。

再一个故事,国父纪念馆,许博允先生办了一场——他已经办了几百场了——所谓中国传统文化的演出。比较交杂,有客家八音,河南梆子,湖北戏《董永卖身》的故事,还有钱璐阿姨唱的那个梅花大鼓。我看到这种票就很兴奋,因为居住在国外很多年,我很喜欢看看自己国家的这些艺术,所以我就跑去了。

我记得那天我是坐在十四排的,走道边上,已经坐定了之后呢，过来了一位老先生，穿着中山装，藏青色的，带着一个好像是他孙女的国中的女孩子。他们两个人一路进来。因为我们坐着，我很想站起来让他过，可是客家八音已经开始了，他们走进来一路说："对不起——对不起——对不起——"非常有教养，进来了，就在我的隔壁再隔壁坐下了。

我是和一位朋友去的，客家八音我已经看呆了，再看《董永卖身》，我个人是不懂，但是看得很专心。看到《董永卖身》结束——下面还有梅花大鼓，我也很渴望看梅花大鼓——大家拼命鼓掌的时候，我这样侧眼一看，突然看到那位穿中山装的老先生很仔细地把他的这个口袋盖子打开来，拿出了一条折得四平八稳的白手帕，把他的眼角轻轻地一擦。我们在那里叫："好——好——"看中国戏嘛！喝彩的时候，就听到他轻轻地叫了一声"很好"。然后，再擦眼泪，再擦眼泪。这个人是个湖北人，一定的。那是一种很慎重的乡愁的眼泪。他仔仔细细地擦好，收起来，然后，他站起身来又跟我们说："对不起——对不起——对不起——"他走了。

我就跟我旁边的人说："刚才你所看到的就是一个最好的故事。"故事的背后是什么？我们这些写字的人就可以作一个探讨。这样的事情每天、每天、每天都在发生。我把下面的时间留给各位，我们来共谈，所以我快快地结束。

今天，我有幸站在自己的土地上而且永远不再离开了，我对于这片土地有深深的热爱。我今天不讲这几天社会上热烈讨论的话题，我要讲两个字，这两个字在世界各地的语言里都没有的，只有中文有，就是"同胞"！西班牙文有"乡亲"，西班牙文没有"同胞"，刚才我所说的一切带给了各位很大的快乐，但是我也想过，如果前一阵的那个大地震把我们台湾全部震倒，今天我们能不能在这个地方，在这样一个美丽的新的中央图书馆，在这里一同欢笑，我们的幸福是不是可能因为人为的因素而毁于一旦。

各位亲爱的朋友，我们是（三毛停顿）同胞是手足，（三毛停顿，哽咽）我看到台湾这几天的局势，我听到有些人的政见发表会，我赶快走，我不能不走。如果我不走的话，我会在地上拿石头丢上去。

今天为什么说了一场我到淡水的旅行？为什么我不说国外的事情？为什么我说我自己的同胞？好像我们这个社会没有几个人有眼睛看见，在这样三万六千平方公里的一个小岛上，我们一千八百万人是如何存活；我们好像没有看见我们自己身边有吃有穿的温饱和幸福；我们好像没有注意到只要你不做坏事半夜里没有警察敲门的滋味；好像我们被这个政府纵容得相当的厉害。

我今天不说一切的话，但是我只要讲一点，我走过许多的国家，我看过许多的情况，在我的眼里，我们不是最好的，因为我们有地理环境上的限制。但是，我们绝对不是最坏的，每一个老百姓我们觉得也许他含蓄，也许他木讷，但是我们有一颗热烈的心，我们有一颗公正的心，我们也有一颗爱人的心。在这个地方，我认为安家、爱乡是每一个人的使命，我们不能把这件事情推给别人去做。

我回到这个地方之后，曾经做过两件事情，一次在内湖的大湖公园，有一家人在汽车里面吃甘蔗，渣吐在塑胶口袋里，垃圾桶就在前面几步，他们坐在汽车里吃，吃完的时候，那个装甘蔗皮的塑胶袋不打一个结就这么"啪"地丢到路上来。当时我在慢跑，那是三年前，我跑到那里发现那个塑胶袋丢出来。我捡起来再从他的车窗丢进去，然后就跑。（听众鼓掌）

还有一次我在新公园，大家都知道那个地方是打太极拳的。我在那里学打太极拳，看到一个爸爸带了一个小孩子，吃完一个冰淇淋丢在地上，垃圾桶在他们前面，我人在他们后面。既然爸爸带了一个小孩，我不愿羞辱那位大人。我跑过去，捡起那个冰淇淋筒，绕过他们，在他们面前举一举，对他笑一笑，把它放在字纸篓里。

我觉得，我们需要从每一个人自己做起，安定、祥和、亲爱、精诚是我们每一个人应该放在心里的事情，而不是一个口号；我觉得，中国人和中国人之间越来越亲密了，我们不可以因为许多不同的观念或者看法把整个的大环境作一个翻身。我想各位也了解，我今天所说的这些话，我为什么站在这个地方，为什么一场淡水的旅行使我心里有这样多的感触和感恩。我要说的我想我明白，各位也明白，好好地爱我们的乡土！我没有说国家这个词，我不敢讲，好好地爱我们的乡土，爱我们的同胞手足！谢谢各位，谢谢！

（全场鼓掌）

阅读大地

各位朋友午安！我看到后面站着的朋友，还有这边的朋友，我想大家是太客气了，是不是可以请到这边来坐；如果大家站着是很辛苦的话，这边的朋友你们挤下来是不行，请走后面的楼梯下来，走这个门进来请坐在我的旁边。如果您不嫌弃的话，那边太辛苦了，那样站着太辛苦了。我现在还不进入正题，我们先把环境调整好，然后我们的心才能够静下来。

刚才新闻局副局长特意赶来，给大家做了一个有关我的简介报告，非常感谢他。

今天的谈话，希望大家有一点点的耐性。我们一定要在一个最舒适的环境之下，来做一场共同的演出。一个人在公开场所讲话，讲得再好，他的成功率只有百分之三十，另外百分之二十依靠我们的场所，依靠我们的时间，依靠我们的麦克风的音响效果。另外的百分之五十是在场的一些听众加入的演出、支持和鼓励。

在这种情形之下，是一个共同的演出，绝对不是一个人在这个地方唱独角戏，因为一个人要独撑两小时，不是欧阳菲菲，不是崔苔菁，没有声，没有光，又没有伴舞的人，是很困难的事情。

到现在我还不能进入主题的原因是，我感觉到我的四周非常的骚乱，有杂音，大家的心也没有静下来，我也没有办法进入讲题，不然我就是一个没有经验的公开讲话的人了。所以，请要坐到这边来的朋友，赶快坐过来，因为您任何一个小小的动作，都会感染到我们全场人的专心程度。

据我自己的了解，一个成年人——我还要讲闲话哦，我一直在请你们慢慢地调适，然后我们把门关起来就不加人了——一个成年人的注意力最多是五十分钟，之后一定要休息，但是我一定不给大家休息，因为一休息，有的人会去上厕所，有的人会去喝水，有的人会趁那个时候冲上来叫我签名，那么，这整篇讲稿就全部被破坏了。所以请大家忍耐，你已经出不去了，因为前门后门我们通通封住了，全部封住了。好的，谢谢您，谢谢。后面站着的朋友，我知道你们很辛苦，我陪着你们一起站着。

今天的讲题叫做"阅读大地"。去年在中央图书馆我们中文书展第一场的时候，我所说的是"读书自乐"。那个读书是读死书，就是印刷的书，但是讲得非常活泼。我一生不过两件事情而已，读书和旅行是我一生酷爱的，也是我人生里的两颗大星。去年讲的是"读书自乐",如何翻一本书,甚至于如何自己做一本书。我的话已经讲尽了。今年再讲读书呢,这是炒冷饭,我把那个录音带拿来重复一遍就好了。我觉得人生第一步的书展,我们要讲的是读一本纸做的书,或者皮做的书,羊皮、手卷都可以。但是人生里面,如果我们只能读"死书",而不能读"活书"的话,了不起是个书呆子,自我陶醉也不错,因为书呆子对社会不会有什么妨碍,但是有时候会造成社会经济上的一种负担。所以这次的主办单位新闻局很看得起我,他想到书展的问题,说:"三毛你要讲一场。"哦,我说:"最近很少公开地讲话,好,我要讲。"他说:"你说什么?"我说:"我要讲读活书。"就报过去,那边马上说好。

好,我们来阅读大地。

今天我们把自己想成电脑上的软体,我们先把我们这个软体准备好,使自己进入生活,而这个生活就是一本活书。

我今天讲的"大地"并不表示泥巴地,不是这样窄义的大地。大地就是你所生活的——你不是浮在空中的——你所踏到的水泥地、你家的公寓房子,都是属于我们现在台北人的大地。

我认为有的时候,人说自己的生活枯燥,是因为你不制造生活的气氛。有人说三毛很浪漫,天哪!我跟爸爸妈妈住在一起,刚刚我出来,你知道妈妈跟我说什么,这么大的演讲,她说:"你早点回来,晚上萝卜怎么煮?"你看我们生活里面的对话多么的平实。你说你妈妈每天问你萝卜怎么煮,青菜怎么煮——因为今天晚上我煮饭——那么你这个生活是不是很枯燥呢?我并不很枯燥。

每天早晨,(音乐响起)莫扎特,我最爱的,(音乐响起)想象我们正在起床,想象你起床要去上班,想象你刷牙的时候放一点音乐,想象你要去等公共汽车,不知道今天会不会迟到,得打卡,是不是?我真是不愿意做一个朝九晚五的上班族,可是这一个早晨的五分钟是属于我的。我的一天跟各位是一样的,我所面对的也不过是同样的一个太阳。在这种情形之下,怎么样使自己快乐呢?

第一,要把我自己的情绪培养成高昂的,因为在这样一个快速的社会里,我们没有时间在那里计算新仇旧恨,要不然你要饿死了,没有办法。那么在这种情形之下,预备使自己的生活不枯燥。

早晨起来我有一个习惯——我并不鼓励大家——一杯茶、一支烟,这十五分钟是我的空白。人家说青春不留白,我已经不青春了,我一定要留点白。十五分钟以后,来看记事簿,今天我要做什么做什么,要穿什么,要弄什么。梳梳头,我去上班了,我不是上班,是忙乱七八糟的事情。先预备自己的生活和心情是我们阅读大地的第一步。

如果说你的心情不高昂,有没有发觉过这样的情形?当我们心里实在是充满着悲伤的时候,看到满街的人我们都是麻木的,那个叫做行尸走肉;看过多少可以使得你快乐的事情,可是因为你的心情不好,你看到它们甚至于不会生出羡慕,而是说,让我死吧!让我消失吧!这种心情在座的会有的,因为我曾经有过好几年这样的日子,那时世界对我是不存在的,或者我看到它们一点没有感觉。

充满欣喜地对待一切气候及季节。我们中国人倒不太讲气候,而是喜欢问:"你几岁?""你赚多少钱一个月?""你是不是台大毕业的?"这是一定的。我们中国人喜欢数字,各位有没有发觉?西方人碰到人,他们喜欢讲什么呢?他们喜欢讲气候。因为气候是一个人人的话题。我们中国人现在慢慢地已经不讲这句话了,从前见面,在街上碰到说:"吃过饭没有?"因为我们饿了五千年哪,吃过饭没有很重要。他当然答你吃过了,是不是?他要是答你没吃过的话呢,"走走走,我们去吃饭"。那是一个饥饿社会时候的问话,都有它的心理。那么,现在你几岁,你收入什么的,也有它的社会背景。西方人因为太有教养了,太疏离了,考虑太周到了,他只有跟你讲天气是不会冒犯你的。

我本人在过去——三十五岁不行,三十六岁的时候我还是不行——在我四十岁的时候，四十而不惑哦，没有任何事情能够影响我的心情了。

如何早晨起来以后阅读大地，哇！看到太阳照在你的床上，暖暖的，把你照得热得要命，而你前一天晚上预备上班穿的衣服是一件厚的，你得赶快到衣柜里找一套换，你跟自己说："讨厌，怎么会那么热呢！"如果那时候是一个很热的天气，是一个晴天，不是星期天，你也可以说一句："啊，好美丽的星期一！"星期一事实上对大家都是黑色的，对不对？我根本不愿意上班，你让我上班。好美的星期一，因为太阳很好。如果你跟女朋友要去约会，或者你跟男朋友要去约会，这还是一个好心情。那个时候，要是下大雨叫你去，你心情实在是太坏了，你打一把伞出去看，雨这么大，你叫一声："哎哟，好大的雨哦！"我爸爸说："妹妹这个人一天到晚在家里什么事情都是快乐的。连这么大的雨她打把伞出去，回来说，'哈哈，好大的雨哦！'"不要因为这样的事情影响我们的心情，我们不要让环境影响我们，要不然的话，我们的喜怒哀乐都被别人控制了，连气候都可以控制我们，我们是怎样软弱的人呢！

晴天好，雨天好，冬天晚上十一点半以后，不要到士林去。（听众笑）晚上十一点半后，在台北东区这一带的大街小巷，穿一件普普通通的棉夹克，把手插在你的口袋里，当然，你穿的是一双球鞋，在那个寂静的街道里头走一走，就在这个台北市，你跟自己说:"嗳,孤独的滋味实在是太好了!"是的,冬天是让你享受孤独滋味的时候。那么夏天呢,你告诉自己说:"不得了,台湾夏天像炼狱一样!"可是不要忘记,金石堂里面有免费冷气,我站在那里可以把三毛的书全部看完,不买。(听众笑)那么,夏天来了,大家都知道这是我们台湾气候里的一种灾难。夏天来的时候,我就跟自己说:"噢,真好,又有爱玉冰可以吃喽!"夏天我们有夏天的快乐,我们还可以去海边,对不对?冬天你变成一个苍白的人,你说:"你看,我像不像琼瑶笔下那个依萍?"如果夏天你晒得漆黑的,你说:"你看我是不是三毛风尘仆仆的那个黑的样子?"所有的季节里面,我们可以找到借口使我们快乐,这是充实我们心情的第一步。还没有阅读大地哦,我们先把自己装备起来。

再讲我们的身份,很多人对于自己的身份有着一种遗憾。在我小的时候,小学五年级,我的小学老师穿着丝袜,是后面有一条黑线的,穿着高跟鞋,擦着鲜红的口红。我趴在窗口看她那个背影,性感的小腿在那走哇,我恨死我自己只有小学五年级了,我说赶快长到二十岁,因为我也要擦口红,我也要穿丝袜。等到我二十岁的时候,丝袜后面没有那条线了。(听众笑)那么,对于自己的身份常常是不满意的,这是我要讲的第一点。

如果你是一个未婚小姐，你算不得什么贵族，但是你单身。（听众笑）我们要做贵族太难了，算不得什么贵族，但是你单身，你已经到三十多岁适婚年龄，已经稍稍有一点过了，这时候，不了解你的、关心你的中国人就会说："哎，大妹子啊——"叫你大妹子了，"怎么还没结婚呢？是你看不上人家呢，还是没有机会呀？《我爱红娘》那个节目，田文仲田大哥人蛮亲切的，怎么样？叔叔给你去报个名吧？"这还是一种好口气的，要是另外一种口气，"啊，小姐，你怎么还不结婚呢？啊，小姐，你每天还要买菜？啊，小姐，你原来是有孩子的？哎哟！这么老了都没有结婚！"如果说一个小姐老被人家这样子问，甚至去买东西被人说："太太，买什么？"这种时候，你不要有挫败感，请你告诉自己时代不同了。

当年的女子，十六岁要把她嫁掉，是因为什么呢？因为她没有自食其力的能力，她除了纺纱之外大概什么都不大能做，她不是不会做，她不能做。现在我们的女性受到同等的教育，今天三十多岁还未婚，表示：第一，我不依靠男性；第二，我是一个小有成就的人；第三，我还没有结婚，以后我不知道还可以嫁多少次，比那些已婚的来得有希望。你要跟你自己这样说。

你二十三岁的时候，在台大傅园那个钟的旁边，那天晚上刚好是阴历十六，月光把你一照，照在你跟那个男孩子的脸上，两个人轻轻吻一下，海誓山盟。到你二十七岁的时候，你有了两个孩子，你还住在一个租来的公寓里面，夫妻两个老吵架，先生不打牌也不上酒家，因为他没有钱，但是他泡在一个中国茶馆里，每天晚上一百块钱的老人茶，吃到晚上一点钟他才回家，已经算好的了。

这种时候，你等着他回来，想跟他说："小明发烧了，明天补习老师说那个钱又要交了。"他听听听，你再看他的时候，他翻过去已经开始打呼睡觉了。这时候，你跟自己说，"我这是什么人生！可是为着我的孩子，我不能跟他离婚，而且为着我的父母，我也不能跟他离婚，因为毕竟他没有什么大错呀！"

如果这样已婚的话，我恭喜你，你真好！你要对自己有成就感地说："你看，这就是三毛说的人生的磨炼，我在这里越磨炼越有进步，我越磨炼越成熟。如果我的婚姻太美满的话，说不定我就是一个被宠坏了的小女孩，永远长不大。如果我的先生跟我不能同步——我们同龄，女性的成长比较快，而男性还慢慢地来——我要用另外一种方法来想：'我要把这个家办起来，我是一个有责任的人，一个有责任的人是多么的快乐啊！'"要是一个完全没有责任的人，每天走到街上都想靠个柱子。没有责任的话，你没有东西可靠的，所以已婚也是一种好身份。

要是一个人生病了，用佛家来解释，人的病是败空亡必然的现象，感谢上天，这是一个自然现象。你病好，当然要感谢老天爷，感谢医生，感谢自己的合作，还要感谢爸爸妈妈给我出钱，或者感谢公保劳保，对不对？不然，我哪里生得起病啊。如果说你不是病人，你也不是未婚也不是已婚，你孀居，你失去了你心爱的伴侣，先生或者太太，或者你并没用心爱他的，等你一失去的时候你才开始离别怀念。你说，我跟他是爱得不得了，其实以前也许天天吵架，你已经忘记了。那时候，你就开始天天地哭他，说这是什么人生啊，西门町的路桥上，你趴下去一看，大家双双对对，只有我一个人形单影只。

这种时候呢，你不要跳下去。你要告诉自己：天哪！我的先生过世已经好多年了，我居然还站得挺挺的在这个天台上，我看到芸芸众生，我对他们有一种怜悯的感觉，而我自己有一种劫后余生的电影效果感。不知道你是怎么回事，披个风衣在那个地方抽烟，那是电影镜头，像《倾城之恋》里面的，对不对？对自己的孀居呢，只有一个想法——我还活下来了，从此我对这个世界没有任何的要求、计较、抱怨，我只有感激，那场大火没把我给烧死，那场大地震我还活下来了，我还有什么不能活的呢?！

另外一种情形，生离呢，不要难过。要是有一个孩子说："噢，我考上了成功大学，我要离开到台南去，爸爸妈妈不要哭。"生离是什么呢？是重逢的开始呀！你下学期结束就回来了吧。如果是死别的话,不要忘记人还有灵魂,你就想:"只要我还没有死,你永远活在我的心底。"你还是活着的。如果说我是一个学生,那就想,多好,我根本不要赚钱,只要把考试考好就好了;如果我不是一个学生,就说:"哎哟,好不容易从小考到大,我现在终于脱离了。"可是社会大学还要考你一考哦!这个学位可难拿喽,而且永远没有博士可言的。

我们把身份预备好,心情预备得美满,对于苍天、人类已经充满了感激之情。一旦你充满了感激之情,你的心情相当的活泼,然后又相当的平静。

请你开始翻书,阅读大地开始。

我们中国人吃米饭——当然北方人吃的或者是面食——说不定今天你回去的时候,你家里人就给你一碗米饭。你吃了一辈子的米饭,这时候,请你做这一个小小的联想,这一碗饭是:农夫去农会里面批来谷子,然后等着一个天气,在黄泥里面翻,或者根本不用翻,凭他的经验去发秧。再种到水田里,再趴在田里除杂草——现在还是要用人工,机器没有办法,机器可以收割——再等。农夫在担惊受怕,哪一天收割?是早收晚收?是不是有天灾?是不是有人祸?米价是怎么样?农会是不是会收我们的米?

经过这整个辛苦的过程，打成白白的米，到了米场之后，你爸爸去赚钱，或者你自己赚钱，你妈妈赚钱，你的什么人赚钱，然后再去把米买回来。你还要去买一个电锅，你还需要一个碗，那个碗是莺歌的瓷器，陶器场里面的人挖土给你做出来的。你需要一双筷子，筷子是竹山来的。你需要一个碟子。你需要水，水是翡翠水库的。好，终于到晚上七点钟，一碗饭轻轻易易地放在你面前，说："吃饭了！"你对着那碗白米饭的时候，眼泪都要流下来，说："人人为我啊！"真的，真的是这个样子，更何况你的一条裙子，你的一条牛仔裤，一座国父纪念馆，一条马路，一辆计程车。

如果我们这样想：那个人不认识我，为什么为我做了一个碗？那个人不认识我，为什么送了米给我吃？你说他是要赚钱，胡说！如果我们从感激的心理来说，人人为我，从一碗米饭开始。你回去会发觉，你对你家里任何的家具都感激得不得了，说："不得了，这个床，这个床单，这个塑胶花，这个花瓶，全部都是'人人为我'，我有一天也要'我为人人'。"这个社会是一个大旋转的轮子。

我们现在开始看书的第一步。我想引一句唐诗，这首唐诗太好了，可是非常浅，浅到大家以为这首诗不好。不好的话，唐诗大概有几万首，为什么只留下来这三百首？不好的话，为什么三岁的小孩子就背"床前明月光"?"床前明月光"是第一步人生的境界,阅读大地的第一步。

"床前明月光"是怎么样的一个境界?一个人要睡觉的时候,不是说"哦,睡觉了","嗵"倒下去睡了,而是睡到床上的时候,哇,注意到窗口有月光照下来。你看,他思想了。第二步"疑是地上霜"的时候,他做了一个探讨,他怀疑了:哎?下雪了?结霜了?第二个境界他探索了——是不是霜。他头抬起来了,"举头望明月",求证,对不对?啊!原来是月亮。接着呢,"低头思故乡",移情。因为月光,你看这四句话里面的高高低低。

再讲一遍,"床前明月光",他是在看,他已经在观察了;"疑是地上霜",他是探索;"举头望明月",求证,哦,原来啊是明月;我的家乡在好远的地方,是不是同样的月亮照着我河边洗衣服的妈妈,在安徽的一个小乡镇?这首诗这样解释,大家不会笑了。我们不必"蓝田日暖玉生烟",对不对?这首诗浅浅地把我们阅读大地的四个境界和步骤讲出来,这是我二十年来的突破。

这个诗人,大家都晓得他是谁,为什么他敢用这样的闲笔作这么一首浅白的?这首诗没有什么?你来写写看,你写得出"庄生晓梦迷蝴蝶,望帝春心托杜鹃"吗?如果你说你写得出,我告诉你,"床前明月光"你写不出。讲到这个境界的问题,我讲的是浅浅的东西里面自有它的含义。

好，刚才讲到"床前明月光"的境界时要注意了，我们的第三眼出现了。现在我没有办法把第三只眼明明白白地告诉您。

我今天穿的衣服是个台北人的衣服，各位有没有发觉？我是故意的哦，我不能穿成别的地方的衣服，我要穿台北人的衣服。我们台北人，一个普通的台北女人的一天是怎么开始的？早晨我去滨江市场买花，不是每天。还没有睡觉的时候，我在我家十四楼的厨房里头看日出。十四楼看完日出，我就拿了我的车钥匙，去滨江市场买花。买花的时候——当然买花只是一个借口——我还不能放我的莫扎特，因为莫扎特我要放很大声才行啊，等我爸爸妈妈他们都起床才可以放。

我悄悄地跑到滨江市场去，这时候，你看到一个活泼的台北，是在这样蒙蒙的天亮的时候就已经开始的一个台北。你看到那些饭馆的老板，那些小生意人，那些菜贩，那些运菜来的人在那边怎么样下货、怎么样批、怎么样卖、怎么样叫。你挤在里面看，你自己也穿得像一个开小饭馆的"李妈妈面馆"的老板娘。你在那个地方看他们，等到他们通通盘出来的时候，你看到新鲜水果，里面有红有黄有绿，有辣椒，有紫苋——今年流行紫茄子的颜色。然后，你又看到很多你不认识的菜。现在我还没有讲故事。给你看什么呢？你看到在这一个清晨里面，人人不能抗拒的一种生活的喜悦和韧力，韧就是弹性，在基层的人身上我们看到了这些。

我不太喜欢知识分子,因为知识分子的脸跟身体都会作假,不是故意的,我也会作假。但是你看基层分子,他们太真了,他们的环境不让他们作假,他们也许很粗,也许看起来很粗野,而事实上他们是真真实实的人哪!我在那些基层的人——我不下定义什么叫做基层——身上看到了真正的生命力,他们赚的钱并不见得多,但是他们今天赚的钱不见得少,在台湾的社会里。那不是钱的问题,就说他的身份。他自己讲:"我没有读过书,我才小学毕业,我没有什么社会地位。"说不定卖菜的他开的是BMW,可是在心态上,他还是有对自己生命一种乐观进取的弹性,而他的最可贵是在他的不知不觉。

然后你出去的时候,已经是早上八点半了。你看全台湾八百万辆摩托车,骑摩托车的有的是先生,有的是太太,戴着口罩,冬天戴着皮帽子。大家并不是带了小姐在那里玩,去俱乐部兜风,而是"嗒嗒嗒"八点半之前要上班去了,台湾的繁荣靠这些摩托车的。看那一个个公事包,等公共汽车的女孩子……总而言之,看到那些为生活这么踏踏实实奔忙的人,我非常喜欢。

"哗",你看到一部名牌汽车过去。现在我们台湾对于名牌汽车的知识还相当的肤浅,因为我们正是暴发户,只认得BMW和Mercedes-Benz。我们还认识什么东西?Pontiac,或者弄来一部大林肯,没有用司机,自己在那里开。司机并不低,而是你不能不用司机开林肯,林肯不能自己开,那是一个国家首长的身份,甚至于首长都不用,它是接外宾的时候用的。而我们来了一辆大礼车,自己傻瓜一样坐在上面开,那是一种非常有趣的文化,这个文化慢慢地会进步的。而且我们看到一个人吃着槟榔,我没有批评,只是说他吃着槟榔,在他开着BMW的时候,你当然笑他,并不是一种侮辱他的意思,你就想,这个人成功的背后一定有很多可贵的故事。(听众笑)我们对他的心态可以去做一个分析,可爱的心态,他苦了一辈子哦,真的,他苦了一辈子,他背后的故事也是感人的。

我们再看看大百货公司的魅力。人家说,那个人开了一个什么店,赚死了,赚死了!那种口气里面有一种妒忌。我总是说:"不啊,这个人能够做这个大事业是他的魄力,你我有没有这个魄力?"所以,大公司我们看它的魄力。开一个时装店,你看那个ATT,哇!开成这个样子!他们怎么这样?时代变了,不要用什么不朴素来批评他们,那是抗战时候的事情,今天安乐的社会里面,我们要改变我们的观念,无论我们什么年龄,都要说"有魄力"。

可是,你还会看到一家小小的杂货店,开在南京东路133巷,一个小巷子里头,他在那里卖米啊,卖鸡蛋啊,卖酱油啊,卖一点香烟啊。他的太太想想还可以卖槟榔,就在门口摆了个小柜子卖槟榔。你看她的小孩子，在一个小板凳上做功课，妈妈在那里卖杂货，你又感觉到，小市民的安身立命里面有那么一种温柔、敦厚的安然。

多好，这两种人多好！大百货公司好，大时装店好，大企业好；一个小店开着这么一点小小的灯，在那里蝇头小利地赚钱，他不愿意再做什么投资，我觉得这个人也是很可贵的。那三毛你这样看是不是世界上没有讨厌的人？没有。

小学生下课的时候，我们要去看看那个景观。天哪！中国人哪！哇！这么多小孩子出来。不要怕，台湾这个岛从300万人发展到1800万人我们还有饭吃。你看今天报纸上的"事求人"，有这么多的事情做。看到那些小孩子戴着小黄鸭的帽子从仁爱国小下课，说完蛋了完蛋了，将来这些人都要做事啊，我们台湾怎么有那么多的事情给他们做！我就跟自己说："不要怕。"当年我们还不是那些小黄鸭子，今天我们这不通通被安好了。

那么这是一些台北市的景象。你不小心走过了一个洗衣店，洗衣店的门外廊下，挂着一床一床的大床罩。哎哟！挂了十几床大床罩，你就去欣赏啊。你说，哎呀！真是啊！现在台湾的那种老式花被已经不见了，出来的都是洋派兮兮的东西，不过也很有品位。哎呀！我们台北人，其他地方也是，水准真的提高了，床罩怎么那么漂亮啊，把它不当一回事地送到洗衣店去。你的老祖母说这个贵重的东西，还是把它藏在柜子里。我们用得旧旧的时候把它拿到洗衣店说："老板，帮我洗一洗，明天来拿。"看到挂的床罩，你可以感受到这些人生活的品位、讲究、进步和他的收入。

早晨，你到国父纪念馆，你到任何台北的小公园，你看到很多人，退休的，或者甚至于根本不老的——四十几岁、五十几岁，他想得开，做做生意，不做就退休。有的在那里打太极拳，有的在那里舞剑，有的在那里跳土风舞，看得眼泪都要流出来，在早晨的时候。有一天，到植物园里去，看到一个太太抱住一棵树，（听众笑）把树抱住，我看到树下面那块泥巴的根已经踩得陷下去了，我站在那里不好意思打扰她。她说这个算运动，抱住一棵树在那里踩泥巴，不知道哪个老师教她的！

啊，台湾哪！每一个人是这样的有自信。你看一个老先生打太极拳，你站在旁边静静地看他，他根本不受你的干扰，跟张三丰差不多，他慢慢地打，他慢慢地打，他慢慢地转。我也不怕，我也打。哎呀，好玩得不得了！这是一个台北。

我们来看一看台北市的街道，各位知道民权东路跟复兴北路的交界口，有一个金色的大厦，是这样半圆形的，叫做"保富通商大厦"。那是台北市我最喜欢的一栋建筑，因为它整栋大楼十几层用的都是金黄色的玻璃。到了黄昏,因为整栋大楼是这样半弧形的,西晒的太阳照着它的时候,它把这个台北市的东区映成一个金色的,对面东帝士的那些中国式的房子层层叠叠倒影在那栋大楼上,街景里面又造了一个街景。

我常常赶些事情就到黄昏了,一想,啊呀!太阳要下山了。太阳刚刚要下去的时候,我们到台北市南京东路、忠孝东路的大峡谷里去看落日,五点十五分,不得了啊!你不要错过,那不见得比野外难看。哇!大峡谷的那个街啊,车水马龙,车子呀,挤呀,一个红红的落日像世界末日一样的,很红——因为台北空气污染,空气污染越严重越红——"哗"降下去,魔幻写实,好看得不得了。

我们看台北市的落日的时候,不要到一个宽敞的大街上去看,到一个窄街里面,你甚至于可以用自己的第三只眼把一个屋檐卡进去,在屋檐下面对好日落。你不要举你的照相机嘛,你还有一个第三只眼就是你的照相机,你用一个傻瓜照相机照出来东西说:"三毛骗人,照出来的东西没有那么美。"

我们来这里的人大概都是不爱看电视剧的,我们是一样的族类。虽然我在这里站着,各位坐着,但我们是一样的族类。如果说你五点钟下班回去,到了晚上不要看电视的话,我们又是一些比较有生活情趣的人,不喜欢去百货公司,于是走吧,要不要去通化街夜市？我跟我弟弟两个一天到晚跑夜市的，我们就到通化街夜市，到士林夜市，我手上拿着一根棍子，（听众笑）一路走一回头。后来，我就跟我弟弟说："你正着走，我倒着走，我看你的背后，你看我的背后。"（听众笑）一只狼，我们有防它的办法，两个人走，一个正着走一个倒着走嘛，它真的是我和我弟弟的方法。

我大弟喜欢逛夜市，走到夜市的时候呢，看到在百货公司要七千块到一万块的一个意大利的两层颜色的披肩，我在夜市问："啊，老板啊，这个披肩多少钱？"他说："两百五十块。"我说："你是有钱人哪，你卖我两百块，你不付税嘛。""啊，小姐，哎呀，好好好，二百二十块成交。"披起来，走到另外一个。我的姐姐用了一万多块钱。我说："姐，你看我这个披肩好不好看？""啊！哪里来的？这个颜色怎么那么好看！""你多少钱？""我用了一万多台币，你呢？""两百二十块。"她当场吐血了。（听众笑）这真是好玩，这是阅读大地。这个"大地"并不是这个地的，那个太空洞了，我们没有办法讲日出日落，它也是美的。我们讲的是人，我们讲的是台北市的一种情趣。

如果你晚上不愿意回去的话，不要有罪恶感，以为自己是坏人，我已经克服了这一点。晚上不睡觉的人不一定是坏人，以前说晚上不睡觉的人都是坏坏子。有一天，三毛去跟人家谈事情，谈到晚上三点半回来，在鸿源百货公司圆环那里正好塞车，晚上三点半的台北塞车！我就奇怪这里发生了什么事情，因为平时这么晚，我不睡，在家里看书。我回去第二天，跟爸爸说："爸，好奇怪哦，这个台北真是城开不夜，晚上三点半还在那里塞车。"爸爸说："那是因为那些台北十万个不睡觉的人跳完了舞出来。"

各位，我不跳，吵死了里面，因为我年纪大了。我们到外面去看，我想带一个拍立得的照相机去做生意。那些人跳出来的时候是兴高采烈、依依不舍的，我就说："先生、小姐，要不要我给你们拍一张照，三百块一张。"他们当时一定没有带照相机，这是一个好主意，我们都去啊！于是，他就说，你不是这里的小贩，对不对。我说："先生我给你拍，我还可以陪照，山地姑娘陪照，要不要给你照一张？"这样就卖他三百块，我当场抽出来给他。他们会买，因为那些都是有钱人。有钱人是哪一种人呢？就是青年人。所谓青年人为什么会有钱呢？因为他爸爸是有钱的人。（听众笑）他爸爸是不会买的，因为他爸爸努力工作，你们要知道。我们讲的是东区，我当然还可以讲西门町，时间不够，我们等一下还要开始旅行。

刚才讲的是一些台北市的事情，好，在台北市你玩了一整天，该回家去了。回家的路上塞车，塞车的时候，你看到很多红男绿女走过，你看到台北现在已经没有时装可言了。你看到有些人穿长裙子,有些人穿短裙子,有些人迷你,有些人短裤,有些人大胖的老爷裤,有些人窄窄的包紧的裤子,你说:"天哪,这是什么世界!"这就是台北,它反映了我们这一个时代。现在我们离开了这个深爱的、热烈爱着的台北。对它又爱又恨,对不对?这个地方有它的魅力,为什么我说"讨厌死了,我要走"?为什么你大学毕业以后,不回到屏东你那个长满槟榔的故乡去?你为什么还赖在这里做一个杂志社的编辑?问你为什么,你说:"我也说不出来,我觉得在这里文化的冲击比较够。"(听众笑)对了,真的!

好,刚才没有什么文化的冲击。我们现在把各种交通工具,把我们的心情,把我们的第三眼准备好,开始讲故事了。

鹿谷乡有一个地方叫做凤凰谷,凤凰谷知名的是鸟园。事实上,最不好玩的地方就是鸟园。我们知道,世界上的一切地方只要出名都不好玩,你要去的是没有名字的地方,它能够让你感动。在鹿谷乡有一个地方,我不把它的名字讲出来,这个名字讲出来,大家都去,就变成清泉一样了,我就不去了。这是我的一个秘密盒子。

在鹿谷的一个晚上,上上礼拜,十一月十二日。鹿谷是海拔八百多公尺的茶园。我在鹿谷的一个小小的镇上,那个镇的街呢,小到跟这个讲台差不多宽，但是有一些老房子已经翻建了，变成二层楼的水泥房子，而水泥房子大概也经过了十几年的时间了。一条小小的鹿谷的老街。

在晚上九点半的时候，喝了半瓶茅台酒，我可以喝一瓶，跟自己说："我要去买老花布。"各位跟我合作，你老祖母的那种棉被布什么的都不要丢掉，寄到《皇冠》杂志社给我，破的、烂的没有关系，我自己清理。我在收集老花布，因为我怕台湾民俗慢慢地没有了，我怕台湾越来越洋派起来，我们的花纹不见了，所以我收老花布。我想这是一个好地方，要收花布。

于是，晚上九点半的时候，我喝了酒，并没有醉，我好好地走进去，走到街道上，看到有一个棉被店。在几公尺之外我看那个棉被店，我的第三只眼感觉到鹿谷的雾在我脚下开始来了——鹿谷是冻顶茶的地方，它一定有雾的，不会让你失望，如果你待上两天。雾从我的脚上来好像放干冰一样，我们都市人用这种比方。

那个棉被店并没有橱窗。在座的年轻的朋友，也许你们已经再也看不到这样的景象了——一个木头的大床，摆在棉被店的正中间，在那上面弹棉花。那家店非常的寥落，整个的店面是打开的，暗色的板子摆在上面，点着一个几乎小到五支光的电灯。因为乡下人比较省电，乡下人不是没有钱，只是有这种节俭的习惯。

我看到一个老太太，梳着一个粑粑头，头发已经不太多了，稀稀疏疏的白发用一个发网罩住。她蹲在那一个大的弹棉被的床上，在用手缝一床粉红色的棉被。那个洋红，充满着一种中国人的喜气洋洋，而那个棉被，缝得胖胖的。这个老太太跟她周遭的一些旧的日历呀，锅啦，一个旧缝衣机啦，一个儿子的毕业照啦等等东西，都是灰暗的，只有这一床棉被在那五支光的灯光之下照着，有一种喜气。而这个喜气代表着一种青春，由一个满脸皱纹的老婆婆很细心用手把它收尾。

我就进去说："欧巴桑，你有没有老花布？"伊讲："那布有啦。"我讲："你有么有三十年前的布啦？"伊讲："那布哪有，现在是好的。"伊拿给我看，小猫小狗那种SNOOPY的。我说："这个我不要啦，我要你的布啦。"伊就讲："没布啦。"我站在那里看，那是一个店堂，店堂后面有一个窗，窗子突然伸出来一个老先生的头，伊讲："你要古早的布，你现在去大陆，你去大陆找，现在是可以去，你有知影吗？"（听众笑）我怎么会不知道可以去。伊就这样跟我讲，讲了以后我就不好意思……我就讲："真多谢。"自己饮酒嘛，喝得那样，自己也不好意思，全身都是酒味。

我就出来，站在那个走廊下，看到他的邻居家家户户都熄灯了，大概他们睡得早。因为我去看他们烘茶，所以我知道第二天早上要采茶，阳光不能晒到茶叶，他们都早睡了。看到他的邻居有神明灯，在一个不透明的毛玻璃里面，红光像宝石一样透出来。我站在冷冷的街道上，安静的一条小街，看到他们的脚踏车、摩托车、汽车、红的灯,看到这家人还在工作。

这时候,听到那个老先生弯着腰出来,那个老太太从棉花床上下去,她告诉我说那个棉被是十斤的。这个时候呢,那个老先生下来了。为什么?他的店还是用门板上上去的,他开始来上门板了。我就站在廊下,安静地听,伊就跟伊的太太来讲:"好,来困。"(听众笑)我就哭了,我不是当场哭的。"好,来困。"于是,这个老先生开始上门板。那个太太就讲:"来困,来困。"她棉被也缝好了,两个人开始上门板的时候,就听到三毛轻轻的脚步声,不敢惊动整个小镇里头的人,一步一步一步地走回台大茶园的招待所里面去的时候,眼泪没有流下来,湿湿的眼睛,告诉自己说:啊!这就是夫妻之间的天长地久,这是世界上住在天堂里头的人。他们每天的对话就是"好,来睡觉",根本没有人生的抱怨,七十岁——我不知道他几岁了——他做一点小小的营业。到了晚上,他对这个人生根本已经不要讲话了,"好,来睡"。这是一个最自然的人生,最感人的人生,第三只眼看出来了。

再说花莲,也是我爱的一个地方。有一天,跑到花莲去演讲,结果给了我很高的演讲费,我一高兴就去住中信饭店,而且住了五天不肯走,结果赔了七千多块钱回来。(听众笑)三毛这个人不会做生意哦!我从来没有住过中信饭店,我要去住。于是,租了一部汽车,我这个人喜欢跑,就跑到太鲁阁去了,我要到太鲁阁下面的河床去捡石头。于是，我就穿着短裤，停了车，跑下去。

那不是一个假日，是星期二了。我演讲是礼拜六，讲完了我去。跑下去的时候，忽然发现一个巨大的石头上坐着两个年轻人，穿着短裤，没有穿上衣，在晒太阳。那是六月，理所当然在河边我们不穿上衣，这没有什么不礼貌，对不对？我看到这两个年轻人在那边，我就不去打扰他们，往下游一点走，水差不多到这个地方。我在那里捡石头，捡石头，捡石头。

忽然，这两个年轻人——我没有看到，我背着他们，我没有用眼睛，我用我的第三只眼——开始在那里对着太鲁阁的山谷叫："哎——哎——哎喔——哎喔——"我想这是两个城里人，对不对？你马上知道这两个一定是城里人。乡下人每天对着山谷，他怎么会去叫呢？城里人，而且是台北人。你在台北街上敢不敢叫？他们在叫，我没有看他们，我说："嗯，都市人，甚至于不是花莲的。"花莲的都市人不敢叫，因为他们封闭，是台北人。

他们叫，叫完了，我捡完石头又走上岸。他们很有礼貌，一看到我朝他们走过去，马上穿起衣服来了，两个男生穿起那个打褶的老爷裤。我一看，了然了。他们说："是三毛吗？"我说："对呀！"他们说："你一个人在河里干吗？"我说："捡石头。"于是，就聊起来了。他说："刚才因为看到你下来，我们很不好意思，想穿衣服。后来想我们只来花莲一天，我们要叫叫。"我说："台北来的。"他说："对呀！"他就说："我是……"我说:"发型,发型美容师,整形、发型美容师。"我先讲。他说:"三百六十行,太可怕了,你在河里面泡,你怎么认识?你怎么知道?"我说:"我知道你是发型人。"他说:"对,我在太平洋崇光后面开一家,叫做经纬度。"那人叫阿青,阿青给我吓死了。阿青说:"你怎么知道?"我说:"我有一种职业的敏感,因为我写作我看人多了。"

各位说:"三毛,你现在来看看我是做什么的?"那我看不出来。因为做发型的那种男生,他们穿得最时髦,各位有没有发觉?头发做得半庞克,穿那种打褶的白裤子。那种职业的人必须要那种装扮,才能够做好头发。就是说,自己要先把自己装潢起来,我们女人才放心把我们的头发交给他做,对不对?所以那个职业很显眼,现在头发做得最好的都是一些男孩子,在台北。这是第三眼看到的。

他们还在叫"噢——",后来我走到远远的地方去,已经在一块大石头那儿转弯的时候,这两个男孩子开始唱起来了:"喔——我的未来不是梦——"那时候,我又哭了。我想:这么年轻的孩子——他告诉我,他大概二十二三岁——你要他唱什么歌,当然要他唱《我的未来不是梦》。所以,他就跟自己鼓励地唱:"喔——我的未来不是梦——"如果那个时候唱什么"一年多少天""一张破碎的脸",不对喽!或者"为什么流浪",不对喽!"喔——我的未来不是梦——"那个捡石头的女人的眼泪"砰"一滴就掉在河里头。你怎么那么爱哭啊！这么爱哭你还画眼线，不如去文眼线算了，对不对？我有这个毛病。

第三只眼弄得我的心常常不是悲伤，而是对人类对男女老幼的一种感动。我常常去通化街，因为离我家近。我去买袜子，有一种棉纱袜——今天没穿——哎哟，好好哦！一百块钱四双还是六双，还有十块钱一双的袜子。我一听那个老板的口音，是个四川人。我说："老板，"——这个袜子是棉的，完全棉的东西，非常好哦，各种颜色的粗犷的袜子——"这个袜子多少钱？"他说一百块钱三双还是五双我忘记了，"你要不要，这个料子很好的，这里还有。"讲四川话，我是个四川孩子啊。我说："老板你四川人啊？"他说："对呀！"我说："你会讲国语吗？"他说："不要讲国语，大家都听得懂我讲什么，你没听懂我讲什么吗，对不对？"他说："你怎么会讲啊？你台湾长的你还会讲。"这是一个恭维，我台湾长的，那是后来的。我很高兴。于是，我就开始买袜子，就开始认这个乡亲了。

我说："你哪里人？"他说："你哪里人？"我说："四川重庆啊。""你重庆什么地方？""我黄桷啊。你什么地方？""我成都呀，成都灌县的。下面一个小县。"好，这下两个人聊起来了。聊起来，我发觉他很寂寞。他卖袜子，人家都问老板多少钱，然后挑挑拣拣还个价就走了。他刚刚回过大陆，所以有满腔的话想要跟我们讲,而这下碰到一个老乡。其实我是浙江人,当然我也是台湾人。后来,他满腔的话要跟我讲,我就跟他讲了。于是,这个老先生就把他从台湾怎么准备回大陆的心情一路地讲,讲了十八天哪,他口里面的十八天,讲到了他的故乡。

用你第三只眼去听他讲话。他说:"我后来坐车坐车,坐到不能再坐的时候,要走路啦,走路是没办法的,我就去打听公共汽车,说下午三点钟有一班。当时是早上八点,我没有地方去,就站在那个公共汽车站牌的旁边,在那里等,忽然县政府的人看我这个装潢不同,(听众笑)就跑来认我说,'那里来了一个台湾人'。""看我的装潢不同",你看一个卖袜子的小市民——我没有侮辱他的意思——你看他的用词"装潢不同",他不说"装扮",他说"装潢",我也听得懂啊!跟我讲讲,最后他说得很辛酸,他还要讲哪。我就说:"好了好了,够了啦!讲了十八天,路上走了十八天,那你在家里待了几天?"他说:"两天。"(听众笑)

他又要开始讲回程的时候,我就说:"老板,谢谢你!下次再来听你的回程,再见再见!我走了。"啊,你这第三只眼哦,阅读你的大地,大地的子民,苍天的孩子。他在摆一个地摊,旁边没有一棵树,可是他也是一种大自然的产物。真的!他很喜欢讲话,你们到通化街这样进去,右边第一家那个卖袜子的,反正你看到讲四川话的那个人就是他。(听众笑)他很喜欢跟你讲回乡的故事,怎么坐软铺,怎么坐硬铺,怎么转车,怎么去,后来回去的时候所有人都不认识了,我是从哪里来的。哎呀!那些小孩子真是"笑问客从何处来"呀!

这是一个故事,刚才是讲到别的地方去,我还是要盯住台北讲。各位厌不厌我这样讲话?不会厌哦。糟糕了,国父纪念馆要关灯了,我们的时间只有两个小时,关了也好,外面还有太阳。(听众笑)

好,有一个管理员,大厦的管理员,我爸爸那边的。我认识他是因为他来骂我,他脾气坏得不得了。我把我的汽车停到车库里面去,预备把车门锁上,那个时候自动门是要按一按,车库的门才下来的。我还没来得及去按,他刚刚来做我们的管理员,就拿一个棍子下来要抓贼了,看到我就骂:"我说,你关门哪!你为什么不关门哪?你关门哪!嘿!我在上面的录像机里面看你没有关。"我说:"要关了,刚刚才在锁车门嘛,现在要关了。""你关成这个样子!"把我大骂一顿上去,我一直跟他说对不起。我不生气的,我这个人。后来,我就想:这个人好烈的性情哦!这个人这么烈的脾气像张飞李逵一样,必然有个好心肠。(听众笑)

这个老傅在夏天管我们这个大楼管得很起劲,公事公办,私事私办。私事——"你吃过饭没有?哎,好吧,我给你买个什么吧。"他要买东西给我吃的。但是,如果我做错一件,不是做错,就是晚一点回来要走一个他不许我走的门,"站好,你到哪里去?给我站好,别动。"我非常喜欢他公私分明。

老傅有一个金戒指——三毛去年终于买了一个金戒指,三毛买的金戒指是男式的,上面写个中国字"福",五千多块,是过年给我自己的压岁钱、礼物。我一年要存一点金子,我是中国女人,我喜欢金子。(听众笑)我走到大厦门口说:"傅先生,"我不叫他老傅。"傅先生,你看我的金戒指。"他说:"我也有一个。"小小的,也是一个"福",比我的小。我就说:"那换一下好了,我这个大的给你,你给我小的好了,我跟你换好了。"他不要,他有一个金戒指。

有一天,他突然告诉我说:"俺要回山东老乡去了。"我要回山东老家去了。我说:"家里不是没有人了吗?"他说:"是没有人了。我太太死了,我当然要回去了。"我就说:"你回去的时候要告诉我。"因为我有预备一点东西给他带去。就这样他回去了,我没看到他。结果逾假不归,说是要去山东十一天,搞了一个多月没回来,结果他的位子都给人家代掉了,我们说糟了糟了。

总而言之他回去了。大概过了四十几天,晚上我们家的对讲机"哇——哇——"地叫,"我是老傅,我老傅啊!我回来了!我回来了!三毛我回来了,我要上来给你看照片哪!"我说:"哦,好好好!来来来!"结果他坐电梯上来,我人冲下去了。我穿个鞋冲下去,就错过了,我再冲上去。他坐在我们的家里,我爸爸妈妈赶快给他倒茶。"哦,回来了,老傅好!""哦,来看照片噢。"

好，我看到了一张照片，他拼命给我看紫禁城，"这是紫禁城……"我说："我不要看紫禁城，你给我看你的故乡。""啊，故乡没什么好看的，破破烂烂的。""你给我看你的故乡，老傅，你给我看你的故乡，我不要看紫禁城，我知道啦！我知道这是九龙壁啦，我知道这是什么排云殿，我通通都会背了。"

好，我看到一张照片，老傅经过十几天的颠沛流离回到了他的故乡，四十年没有回去的故乡，有一个他离家的时候才十三岁的妹妹，跟三毛差不多的年纪吧，五十几岁，已经是一个老婆婆了，在他们那边，乡下人，种田的。那个妹妹穿着一个蓝布褂子，蓝布有补丁，深蓝色的蓝布褂子，夹衣而不是棉衣，下面一条黑色的裤子；老傅穿着一件翻皮的黑的皮夹克，那种西装衬衫，打着一条土土的领带，（听众笑）下面穿一条蓝色的笔挺的西装裤。

这张照片是老傅回到他离开四十年的老家，踏进去那一步看到他出生的那个老房子的时候，人家在房子这里给他拍的。老傅这样一步踏进去，他的妹妹因为是一个乡下女子，在他下车的时候，不能拥抱她的哥哥，就跟在后面。跟到他要进屋的时候，这个妹妹四十年的一种想念哪，让她冲破了男女授受不亲的观念，妹妹那个蓝布袖子的手抱住老傅，她比他低，她在哭，老傅的手扶住他的妹妹。妹妹在哭，她梳一个粑粑头。老傅的脸望着，"这就是我离别四十年的家呀！"指着一个茅草屋说。脸上的表情非常复杂，不知道是悲还是喜，表情很复杂。那张照片我看了，我说:"老傅,我要这张照片。"他说:"我给你紫禁城的。"我说:"我不要,我要这张。"

下一张更好,上了炕——山东人——两只脚盘起来。哇,这个老傅,他没有脱鞋子就坐在上面,"哗哗"地给他打了一搪瓷脸盆的洗脸水,在他盘腿的膝盖上,铺了一条洗得很旧变成咖啡色的干净的毛巾,他的手上有一条全新的土土的花花的毛巾,他正从洗脸水里面把那条毛巾拿出来,洗去他四十年的风尘。我又哭了。

不要忘记老傅的戒指,老傅没有什么钱,可是老傅手上有一个戒指。再一张照片是人家偷拍的,老傅把他妹妹的手拉过来——在洗脸毛巾举起来的时候,我看到他手上有戒指,下一张照片那个戒指已经套到妹妹的手上去了。我又哭了。这个阅读大地呀感人,感人倒不是因为看到万里长城。

他后来跟我说,这次回去,流不尽的眼泪,家乡什么都跟从前不一样了,就那棵大槐树还在。于是,我又看到一张照片,呆呆的老傅,茫然若失的、恍恍惚惚的,不知道自己置身何处。他在老槐树下面的大树桩上坐着,没有人陪他,旁边有两只鸡,一道阳光从老槐树这边过来。这是他的故乡啊!老傅跟他的老槐树啊!他就说:"什么都不认得了,只有这棵树。"也是个细心的人哪,拍了那张槐树照片。我说:"老傅,这个我要!你有没有底片?"

四张照片寄给了一个人像大师。我说:"你不要管光影了,你看这些张照片。"他昨天打电话跟我说:"三毛,不得了!谁看了谁不哭啊!谁看了谁都哭。"这个时候还要讲光影吗?照相里面的内容是最重要的。这个时候你再讲这个光不对,这个影不对,那你根本不是一个摄影的人。

有一天,在师大被演说协会抓去演讲,不是抓去的,是叫去请去的。演讲回来的时候,他们送我上计程车——阅读大地,还是这个大地。上计程车的时候,有很多读者和我招手,我自己是一个很有——不是礼貌,这是我的心——我一上车看见一个小女孩子在跟我招手,我马上把车窗的玻璃摇下来,就跟他们招手。这个计程车司机有一种职业的敏感,他就说:"小姐,你是什么人?为什么这个公共汽车站牌的一排人都在跟你招手。"我说:"不是不是,是因为刚才我们大家在一起聚会,我们在一起聚会,所以他们认识我。"他说:"你们聚什么会?"我说:"聚一个讲话的会,我们在那里讲话。"

后来说到这个讲话,他忽然不知道怎么搞的转入了一个佛学的话题,我们是在讲待人接物啊。他就说:"待人接物好是你的本分,你不应该有成就感。"我说:"我没有成就感,没有成就感。"他就在那里开始训我,"待人接物好是你的本分"。

于是,他就开始讲了一些佛学的道理给我听,讲得很好。我就说："先生，刚才应该你去讲的，不是我讲的。"这时，他忽然说："你知道吗？我有今天的境界，真是感谢我的太太！"这时候，他声音有点哑了，"我的太太现在在台大医院急诊室，一个礼拜要洗三次肾，我拼命地开车，拼命地开车，我要规规矩矩地赚钱，我拼命地开车，我有三个孩子，老大小学五年级。我拼命地开车，一天开十几小时，再赶去看我的太太。我真感谢我的太太！如果不是我的太太，我今天做人不会到这个样子。我感谢她，因为我的境界已经很高了。我现在是一个虔诚的佛教徒，我天天看《金刚经》。我觉得我们家里的遭遇不是一个悲剧。佛说人要病是败空亡必然的现象。我的太太生病使我能够尽力去赚钱对待她，我这样对待她，也是我对她的一种回报，我感谢她给我这种苦难。而我现在要拼命地开车，拼命地开车，拼命地开车，我要开十几小时的车，我要去看我的太太，一个礼拜洗三次肾，可是小姐，我已经解脱了。"

那时候，这个小姐皮包里有一个信封，不知道多少钱，那个小姐想：看看计程车的表九十块，他没有跟我要钱嘛，对不对？小姐说："先生，我下车的时候你不要打开，里面有一个信封是你的计程车钱。你就开走，不是我掉的，我会放在你前面的位置。"于是，那位小姐下车的时候，就把那个信封给它丢着，就开始跑。这个人就抓起信封来打开一看，就开始追。

于是，在空军医院外面的 MTV 里面——那个地方有人认识我，是我的朋友啦——三毛拼命地跑，后面有一辆计程车停在路中间，司机下来拼命地追。朋友以为那个司机要打我，就出来救我。我说："他不是打我，他不是打我，我们两个是另外一种很长的故事。你们没有了解，你们走开。"后两个人就拉扯拉扯。最后，他说了，他说："小姐——要是有一天、有一天，要是有一天，我、我、我、我、我、我需要一个棺材，不能好好地薄葬她的时候，我来找你。"我说："你拿我的地址，你如果忘记的话，我住在这个的十四楼。我希望永远都不会有这一天，但是如果有这一天，我们不能避免的时候，你要来找我哦！你不要忘记，你要来找我哦！"

那天回去，跟我的家人讲了这个故事，说一个人因为太太病成这个样子他的人生解脱了，跟我一样，他感谢他的太太。

再来，开到滨海公路去，难得恰好碰到一场葬礼。大概是一百四十岁才去的啦。哇！这个葬礼弄得好像一个舞会，哎哟，我好喜欢看哦！各位说，看到了你得呸呸呸。不是啦！中国人真是了不起！中国人九十岁以后要做大红。我祖父死的时候，我妈妈她们第二天通通穿大红旗袍，这是为什么？我常常跟西方人说："我们中国人如果是高寿过去的话，我们要穿大红，那是恭喜你脱离苦海啦！我们大家来庆祝吧！"

那位老先生，哇！风风光光的，有花圈，还有罐头。各位呀，那个罐头是今年最流行的紫色跟橘红色配成的，扎成像金字塔一样的。那些人都不哭，上千人的大葬礼哦！不哭，都在街上走，有五个到十五个的乐队吹吹打打，吹得欢乐。吹的不是唢呐，是西洋音乐的时候，我忽然看见一车脱衣舞。有一个小姐在唱卡拉OK，哦，我真是一个土包子！卡拉OK你们一定看过对不对？那个小姐不是跳脱衣舞啦，她穿了很少的衣服，穿的丝袜这样露出来，在葬礼的车队里面。哎哟，这个中国人的境界，不能讲。(听众笑)

莫扎特弄不过他，我跟你讲，你不能说他低呀！你怎么能说他低呢？把这个放到死亡里面去。如果是一个国家元首的葬礼，大家当然沉默、肃静、严肃。但是，如果是一个地方上的首长，不是他家里叫的脱衣舞，是那个开戏院的老板要送他一台脱衣舞去送葬，一定是这种情形。那个脱衣舞小姐打扮得妖妖媚媚的，"呜——"车子就开了。

哎呀！我在那个地方看了三小时，看那个孝子，传统和现代的一种结合，看得我眼泪都流下来了。各位知道三毛为什么会这个样子？因为我离开了这块土地二十年，我眼里所看到的文化，我对于这块地方的一种价值的判断比大家客观，不会这么主观地去看它。什么东西都是新鲜的。看那场葬礼看得我腿都酸了，我看了三个小时才回来。

好，有一天，我带了我家的小孩到市立美术馆去开开眼界。

你说你们这些人要去市立美术馆？她说，我知道要去培养文化。我说，文化不在市立美术馆里面。（听众笑）大家都说我们现在比较有文化了，我们有市立美术馆，是一环，但也不是。结果两个小孩子去市立美术馆，你知道她们看什么东西？她们看花盆，（听众笑）跟那个凌晨（台湾的作家）的小孩一样在那里看花盆，一个一个花盆。她们根本不看画。

好啊！小孩子要看什么就给她去看，看花盆，这是台湾的一景。看花盆的时候，这个做姑姑的就去看小孩子，远远地看，小孩子很有意思，她看花盆一只一只地看哦，台北市立美术馆这边的花盆。好，那些看画的人就看姑姑，（听众笑）看画的人就说："三毛——三毛——"就看姑姑。看画的人看了姑姑呢，小孩子看完花盆，就去看那些看姑姑的人，（听众笑）然后就出去吃麦当劳了。

麦当劳有个叫做 milk shake 的，我不知道中文叫什么，小孩子自己会点的。点完，她就在那里有板有眼地、规规矩矩地吃。八岁，我小弟的女儿，吃得非常有教养，自己拿餐巾纸擦擦。我说："小明，你今天表现很好。"她说："不是的，小姑。我发觉，今天我到街上来所有人都看我哎！"（听众笑）"刚才我在这里吃麦当劳，对面几个阿姨一直看我，一直看我。我也不知道今天我是怎么样。"我说："因为你今天很漂亮哦，你实在是太漂亮了。"

马上回去了，她就去跟她的妈妈说："妈妈，今天我到街上去的时候，无论我走到哪里，人家都看我耶。小姑说因为我很漂亮。"我弟弟就"咯咯咯"在那笑,说:"哎,要不要告诉她?"我就说狐假虎威,我们说的这个成语她听不懂啦。我说怎么可以告诉她呢?这是一个小孩子童年的快乐,对不对?这是一个童年的快乐,就是人看人,人看人,人看人,一群群地看。

今天我这里还有深夜的小食摊,八德路的。八德路有一个水果摊,庞大,他说一个月赚十八万到二十八万,问我一个月赚多少,我说这个月五百块。因为我没有写,我是说稿费,我还有演讲费。

我陪一个美国人在八德路走。忽然,那个美国人说:"你看她,你看她,你看她。"那个水果摊在路边,很大的,老板娘在接电话。我说:"哎,老板娘你这个水果摊怎么会有一个电话?你水果摊应该没有地址,对不对?你是八德路几段几号?你没有地址。"她有个电话,她接得很从容,那个电话就在水果摊上。晚上收摊子,如果她那个摊子不在的话,还从那个地方接出一个电话。我说:"老板娘,你这个电话来得很奇怪哎!你真是神通广大,你没有店面,你有一个电话,这真是台北市一景哎!"她说:"不是,我妈妈跟电信局的人有交情,给我接了一个电话过来。"我们现在不讲守法不守法,外国人看到说这是一景,我没有注意到,那个人注意到。

阅读大地，终其一生！你家的一条巷子有春夏秋冬，月亮阴晴圆缺，你都看不完你的巷子。今天你家门口停的是黄汽车，明天停的是蓝汽车。今天下雨的时候你家里有一块煤，明天天晴的时候它没有了。终其一生，你家的一条巷子你看不完，一个台北市你当然也看不完，整个台湾你怎么看得完？但我们还不满意，说我要出国去走一走，是不是？

有关国外的部分，留待下回再说。其实我们的生活，在任何年龄、时间、地点、心情、环境里，都可以享受到生命的丰富和优美，这决定于我们的第三只眼睛，能不能、肯不肯为自己打开。希望我们在听过以上的谈话之后，能够更加深刻地看出，在平凡生活之中点点滴滴的可贵，进而活出一个更美好的人生。谢谢您，我们下回再见。

（本文根据 1988 年 12 月 3 日三毛配合新闻局中文书展所做的演讲整理而成，因录音的关系，"阅读大地"这一个讲题仅整理了有关台湾省内的部分。）

远方的故事

中南美纪行演讲实录

（三毛是打着手语出来的）

如果各位还不明白刚才的手语是什么意思，那么让我再爱各位一次吧！这是"国际手语"——我——爱——你，可是我将最后一个字改成了"大家"。

去年的秋天，曾经做过一个承诺，有一天，当我走遍了中南美洲之后，要回来和我的朋友们见面。今天的我已经实践了这个承诺，将这份成绩交代给各位，算做代表《联合报》和代表各位去走遍的万水千山的一份心意吧！

我们是地球人

这几年来在台湾，有一个很好的现象，我发觉中国人越来越爱护自己文化的遗产，爱我们的民俗、爱我们的历史、爱我们祖先留下来的丰富的东西。其实我个人在这方面也是一样的，我非常喜爱民间艺术，我非常地喜欢历史文物。

　　为什么要说到热爱中国的问题呢？我的看法是，既然在台湾有这么多朋友们，在中国文化这方面做了很大的努力和贡献，那么，我们是不是只努力发掘自己国家的东西，在我们的知识领域里，就算是足够了呢？

　　我的看法不是这样的，当我看见不同国籍的朋友同在一个地球上生活时，禁不住会想：我们是谁？我们是谁？我们是哪一种生物？终于想出一个名词来——我们是"地——球——人"。既然我们是"地球人"，那么这一个小小的地球，就都是我们的。因此，我们爱护中国，也不要忽略了认识地球，因为毕竟我们是地球上的居民。在这种情形之下，我喜欢代表各位去旅行。

　　中南美洲说远很远，说近很近，拿整个天地宇宙来比较，它其实就是我们的邻居。那么我们去探一探那片地方，将小小的见闻报道出来，也是有一番意义的。这就是为什么当别人都拼命在中国文化的事情上努力，让三毛享受的时候，我却离开了家国，去了远方，这时候常常想到一句话——当别人都在种小麦的时候，我退出，去种玫瑰花。这也是我去中南美洲的解释。

做功课

今天我将前一部分叫做"做功课"。各位，尤其是年纪轻的弟弟、妹妹们，心里一定非常失望，今天难得来轻松一下，那么三毛姐姐来了为什么又做功课呢？我还是坚持要做功课，因为我想各位在场外站了很久，要是各位只听到三毛一点所谓远方的故事的话，当然也不会一无所得，可是我自己在良知上却觉得对各位欠缺了一份交代。既然走了中南美洲，是不是在历史、地理上应该跟各位有责任做一个简单的报告？

这一路来，旅行并不是我第一次的功课，而是我从来没有跟一位同事一同工作的情形下，出外过旅行。我和我父母、兄弟姊妹都做过旅行，和我的丈夫也做过旅行，现在同去的是一位米夏——摄影师，是《联合报》派去和我一起工作的人。在这种彼此要绝对自重、互重的情形下，如何维持良好的同事关系，这是非常困难的，而且对我来说更是很难的功课，因为我这个人并不合群，我喜欢单独走路，可是如果不是我的同事去，一会儿大家便看不到这套美丽的幻灯片。又如果这次不是美工小组和《联合报》副刊全体的工作，再加上使用场地所有工作人员的合作，甚而全体的合作也都不够，如果没有各位，我们的幻灯片放给谁看呢？所以我说，这是一个群体的工作，最大的付出是忍耐，极大的忍耐，才能周全一切。可是这一份相互的

工作态度，我觉得最重大的力量还是在于刚才狂烈的鼓掌。（听众又鼓掌）

为谁鼓掌

各位朋友！你们是在为自己鼓掌，竟然不知道吗？你们在为自己鼓掌。（哄笑）昨天晚上我在《联合报》副刊办公室里，正在说起这次巡回演讲的事情，进来了一位我不认识的长辈，他说："三毛！你真了不起。"后来我跟他说："你这话我可要修正噢！三毛根本没有一点了不起，她写的小说不刺激、不暴力、不政治、不煽动，她甚而没有学历去拒绝联考。那么在这种情形之下，平平淡淡的文章，一篇、一篇、又一篇白开水一样的故事，八年来得到了同胞这样大的共鸣，不是三毛的成绩，是读者伟大的心灵了不起。"

我不必站在这里跟各位说一些讨好话，我一再想的字，不过是中国人所说仁爱的"仁"而已。中国这个"仁"字很有趣，它是人字边加一个二字，也就是说两个人加在一起，叫做"仁"。当然这是最基本的诠释，但是这两个人，如果加上又两个人、再两个人，加到全人类为止，我们整个社会就是人形的组合，在我的解释里这便叫做"仁"。所以，当我与各位面对面地相聚在一起时，心里深受各位感动，请为你们自己鼓掌吧！不要为我。

看出我的平凡

今天我穿着我的旧蓝布裤,站到台上来,我有我的解释,恳切地请各位爱三毛的朋友,看出我的平凡又平凡,不要爱我,爱你自己。因为你们爱的事实上不是三毛,你们爱的是那份共同的,对人类、对社会一个爱的奉献。三毛的文字是各位心里共同的声音,可是各位要联考、要工作、要带孩子,种种的事情,使得各位没有办法把那支原子笔拿在手里爬格子,今天我只是代表大家,替各位把心里的话讲了出来,我们平凡的心灵是相同的,是各位的心灵鼓励了三毛写出一些小小的故事来。现在我们真开始"做功课"了。

有一个就好了

我现在变成"张老师",(哄笑)我要请问各位一件事情,当我——张老师每到一个地方去旅行的时候,我一定在没有去之前,将这个国家的参考书拿出来翻一翻,看看他们的人口、地理和历史,因为"行万里路读万卷书"的时代已经过去了,如果说你有这个机会,最好是先看资料再走路,将自己的经验去印证书本所说的是不是相同,然后你才再写下个人的感想。那么,我想问各位一个问题,既然各位来参加的是"中南美洲纪行演讲会",有哪一位在家里先看了中南美洲的地图?

有! 有一个举手。(全体热烈鼓掌) 真是非常快乐,有一个就好了! 这一场工作只要能使一个人有所收获,只要一个,只要一个,那么我们的苦心就收到了成效。既然看了地图的只有一个,别人都没有地图,我只有待会儿把自己变成中南美洲的一幅地图给各位看。

化为大地

现在各位不要当我是三毛或张老师,请各位当我是一幅中南美洲的地图……

(三毛以自己的身体四肢,充做地图,介绍中南美洲在地球上的位置、中南美各个国家的位置。此段省略,请读者自行参考中南美洲地图。)

美洲人

既然我们已大略知道了地理,那么这片土地上到底最初的居民又是谁呢? 请各位忍耐地帮我做功课。我把比较枯燥的部分放

在最前面，免得各位逃走，事实上门已经锁起来了，各位逃不出去了。（听众大笑）

各位一定会问我，三毛，你把自己做地图做得好辛苦，一下这样，一下那样，我的目的就是请各位明了为什么我要把自己的身体解剖掉无数次地给各位看，那么这块土地现在已经产生在这会堂里了，再问这些居民是从哪里来的呢？

我现在还不是印地安人，当这场跟各位的谈话结束的时候，我带来一些印地安人的衣服，我要当场把自己变成印地安的男人和女人，用实体的演说，请各位看一看。中南美的印地安人是从哪里来的呢？是太阳里炸出来的吗？还是哥伦布在一四九二年发现新大陆的时候带去的西班牙人？这都不是的！

我刚才所说发现中南美洲的年代，请各位去考证一下，应该是不会错。一四九二年十月二十七日，哥伦布的船队碰到了古巴。当他的船队发现一片陆地的时候，他们就叫着："印度到啦！"因为当年哥伦布是要去找我们中国人，十五世纪的事情了，他要去中国，航海碰到了古巴，他知道那不是中国，他以为那个地方是印度，就将那些印地安人称为印度人。现在，在中南美洲普遍称呼在血液上和西班牙人还没有混杂的、纯种血液的当地居民，西文中发音其实便也是"印度人"，这就是我们为什么称呼他们"印地安人"的来源。

他们是哪里来的呢？据我参考的十几本参考书和人类学博物

馆的解说，得到一个同样的结论，这些最古老的印地安人，是从蒙古去的。各位一定会说，亚洲和美洲之间隔着海洋，他们难道有划船的技术了吗？有航海的本事了吗？是没有的，所以，我再把自己变成地图……

亚洲和美洲拉着手

（三毛说明，以前亚洲与美洲如何在冰原未解冻时代在现今白令海峡一带相连接。请读者参考地图，从略。）

那时的蒙古人从亚洲被一种巨兽追赶，可能是恐龙，可是我猜想恐龙是跑不快的动物，但是每一个博物馆都说"巨兽的追赶"，我想既然是"巨兽"一定跑得很慢，犀牛、大象、恐龙……啦！从蒙古这么一路逃、逃、逃到北美洲去了。在同一个时候，我想巨兽也过了冰原，因为人既然逃过白令海峡那块交接的地方，当然巨兽也追过去了。总而言之，要运用你的想象力，将他们从北极追到北美，又往南逃，逃到那些巨兽不能生存的地方，他们就定居了下来，这就是过去中南美洲的本地人。考证出来的来源是"蒙古"。难怪，我在旅途中看他们像我，他们看我又像他们，后来一想，嘎！我们还是兄弟吔！说不定我的老祖宗和他们的老祖宗，过去是邻居，一起闲话家常。野兽一来，我们往南边逃，他们往北边逃,这一下子子孙孙没见面,轮到我去的时候,又相处在一起了。真的!难说哟!这有可能。当然做这种考证是不值得了。(听众哄笑)

"马雅"

在这儿,我不得不提醒各位的就是说,中美洲有一个灿烂的文明,是在西班牙人占领中美洲之前就存在的。在公元前四百年,一直到公元后九百年,就是第十世纪的时候,这个文化被叫做"马雅文化"。后来马雅文化和墨西哥另一种陶特克斯(Toltecs)文化又有了交融。详细情形,如果有喜欢古代史、历史的,请你们去参考书店里买得到的书。或者这次我所写的一本游记叫做《万水千山走遍》,这本书里多多少少有一些关于马雅文化的交代,在年代和它的文化方面。

"印加"

过去的南美洲也有一个帝国——印加帝国。我的文章中交代得尤其清楚,但是一定有我的读者看得更清楚,会反问我说:"三毛，你说谎哦！你一句也没有说印加的事情。"我想提醒各位一小点，我是一个写字的人，不是一个史地老师，这次做的也只是一次文学之旅，并不是考古学。但是，我很喜欢以故事的语气，将当年印加时代的平民生活，在我的文字中表现出来。可是，我不能课本似的说，印加人当时是没有牛马的，他们只吃玉米，他们并没有小麦……这一来各位会说："哎哟！我们不要看！"我不能这个写法，因为这样枯燥地写，报馆要将我捉回来了。（众笑）所以，在这个情形之下，印加人老百姓的生活，被我织进了一篇叫做《药师的孙女》的文字中去。别人会说："你没有活在那个时代，你怎么晓得呢？"在厄瓜多尔，问了近十几位学者，看书，再以我自己心里的感应，将这个药师的孙女，编织成一个前身的故事。

各位如果有心思的话，你们细细地去找一找，那是唯一的一篇不是我旅程中发生的故事，写的是一位在十六世纪初叶，西班牙人还没有完全占领这块土地时候就死去的一个平凡女子的故事，来交代一个印加女子和她丈夫如何度过的一生。这篇文章里已经有了一些交代，不再重复历史部分。

玛丘毕丘

不得不解释的一点，就是也许有些朋友们，没有看我文章，待会儿我们的幻灯片里会介绍秘鲁的一个伟大的发现,叫做"玛丘毕丘"——就是"迷城",失落的印加城市。这个城市直到现在,没有历史、没有文字、没有遗留下来的居民,这一座废城为什么会被遗弃在深山里?这个故事,我书里面也写过,叫做《迷城》,在秘鲁部分,幻灯片也会出来,这是我必须解释的一点。

高原和古柯

今生到过海拔最高的地方,是四千一百公尺的玻利维亚,是我个人比较奇特的经验,当然,这会发"高原病"。在那个时候,你的脑子因为缺氧,使你变得迟缓、和善,而且没有什么想吵架的念头,那儿居民的忠厚、善良,可能是因为脑子里缺了氧。(听众哄笑)不要以为这是什么好事,这种叫做高原病的鬼东西,在至今保存着的印加帝国的语言里叫做"索诺奇"。关于"索诺奇"也有了一篇文字。

在安地斯高原里有一种草药——古柯,可以提炼一种毒品叫做"古柯碱",我在高原的时候,一天到晚嚼这种叶子,这并不算是吸毒,如果在海拔像台湾的地方吃这叶子,警察局一定请你进去坐几天,吃一片叶子坐一天,吃七片叶子坐一星期;可是,在那个地方它只是一种草药,文章里也写过,即使去我们自己的"大使馆","使馆"工友端出来的,也是古柯茶。古柯叶子是高原不可少的一种植物，也当做是我们的小常识。

我看到几份报纸在介绍古柯这种植物的时候，都说南美已经禁了，不能吃了，这是毒品。是的，它是一种毒品，怎么说呢？一吨重的古柯叶子，也许可以提炼出大约一公克的白色的粉末，将它注射到你的血液里去的时候，当然是发狂了。这种情形之下，它确是一种毒品。所以，世界上的事情跟金钱一样，应用得好，它就是最有能力的东西，应用得不好，金钱使你家破人亡，古柯也是一样。为什么特别提这种植物呢？因为吃了古柯使我觉得很新鲜，一般菜市场都卖的，吃的只是古柯茶，吃了之后可以缓和一点脑子里缺氧的现象。如果这现象三五天之内退了的话，你永远住在高原上的时候，我们的身体就会帮助你在血液里增加一种平地人没有的东西，那名词我不会讲，就是说，你血里带氧的成分，在高原的时候就不一样了，它会自己替你制造带氧的成分，那么你还是不要下来了，因为你再下到低地时，你又开始不习惯。这是玻利维亚特别要提到的一点，因为它是世界上最高的国家，各位待会儿在幻灯片也会看到那片美丽的高原。

革命家

这是一些我在极有限的时间里，对中南美洲的一份简单的介绍。

还有两个人物是不得不提的。为什么？因为他们领导了中南美洲的独立，这是我们的必备常识。

第一位领导独立成为这么多国家的一位革命者——他的性格很像我们的国父孙中山先生——这个人叫波利瓦（Bolivar）；领导南美下方独立的另一位革命家，叫做圣马丁（San Martin）。

过去，在我翻译的《娃娃看天下》那本漫画书里面，因为是一本阿根廷的书，常常有圣马丁这个人出现。我们中国孩子碰到我都会问："谁是圣马丁？他为什么要在娃娃里出现？"我也问过我的父亲："爹爹！我考你一下，谁是圣马丁？"我父亲说："圣马丁，不是耕莘文教院的一位神父吗？"我又问："谁是波利瓦？"他说："是法国的一位诗人吗？"也许国内一般的人对这两位人物还是陌生。请去翻翻参考书吧！

移　民

各位现在一定会问我有关"现代的中南美"。我这次去旅行不但做"城里的老鼠"，也做"乡下的老鼠"，各地都去的。

坐飞机到一个大城之后，在那儿待一个礼拜，如果觉得这个国家跟我没有呼应，我就不多住了，但是像厄瓜多尔、秘鲁、玻利维亚这些地方，偏爱得不得了，临走的时候非常的遗憾，这些国家就多留些日子，多写些文章。

很多人问我："三毛，我很喜欢移民到中南美去，你有什么看法和感想呢？因为你刚刚回来。"我反问："移民的目的是什么？"我发觉很多希望移民的家庭，对于自己要去的国家和本身的目的，可以说相当茫然，到了那个国家，对移民去的社会也没有付出关心和参与。这一点，个人觉得十分遗憾。

所以，各位的朋友里面，如果抱着赚钱的心情去移民中南美的话，那么我想说的一句话就是——如果你到中南美一个语言不通的地方，付出你全心全意的努力，去赚别人的那几块钱的时候，以你同样的努力，为什么不在你自己的祖国付出这份心血？你同样能够得到报酬的。我对移民的看法，并不乐观。我的看法是，如果你深爱民间艺术，你爱去看一看当地人的生活，是值得的。但是你说你要赚钱的话，我想告诉各位，走遍了中南美洲再回到台湾来，才知道台湾的可爱。"台湾没有乞丐"，这是我们全体老百姓努力的成果，使我们经济起飞，我们每一个人都应该觉得骄傲。我说这句话，因为走过太多的国家了，包括欧洲的某些国家在内，这十年内慢慢地开始有了乞丐，中南美洲更不必说了。当然，有些大城是好得不得了，例如说圣保罗、布宜诺斯艾利斯、圣地牙哥，这些都是大城，可是任何地方都有乞丐，只有台湾看不见这个现象。你要移民到一个有乞丐的国家去赚钱？还是留在一个没有乞丐的地方生活？请自己衡量一下吧！我无法回答你。

好了！今天在我，好像是工作回来对大家的承诺报告，功课做到这里为止，下面要说些有趣的事情。（全场掌声）现在要说说，旅行中我到底做些什么事情，这时候说，就不细分国家和地理了。

我必看的地方

我有两种说法：一种是，"我喜欢做什么事情"；另一种是，"我必须看的地方"。这两者之间有很大的不同，我先说我必须看的事情。

公共厕所

每到一个新国家的时候，我一定先看他们的车站，我是惯坐公共汽车和火车的，因为租车太贵了。我更要看他们的公共厕所。唉！那边一位穿红衬衫的小弟弟听了这话正在笑得发抖。为什么，当一般人住在观光饭店里面，所谓去考察的时候，没有想到去看大众的公共厕所，为什么三毛要去？各位听了全在笑。"嗳！三毛这个人的嗜好真奇怪。"为什么？因为公共厕所代表这个国家最基本的公共道德和教育水准，各位赞不赞成?!（鼓掌）要不要看?!（全场大声答："要!"）要看！一点都不羞耻。要是你住在一百美金的观光饭店里，你看到的只是一些外国人，做生意去的、开会去的，你连当地人都碰不到。那么，你从哪里可以看到这个国家"最基层"的东西？在你外国朋友的家里，洗手间当然是清洁的。这个国家的公德心和公共良知在哪里？就在它的公共厕所里面。这一点也不好笑！我觉得这是最容易察看的地方。

日本人

走遍了中南美洲，要跟国家打分数，哪一个最好，因为我不只看一个；走遍了中南美洲，到了巴西，我这个人很严格，尤其对于洗手间的事情，沿途我都觉得不太及格。到了巴西，进了一座"日本移民史料馆"，它是对公众开放的地方，为什么到巴西要看"日本移民史料馆"呢？因为巴西是一个移民国家，没有移民成不了今天，是人种非常多的地方。我走到"日本移民史料馆"里面，去了它的洗手间，偷偷地去考察它，甚至把手指放在它红砖地上去摸了一下，手指是干净的。在那个时候我出来，心里有很深的感触。

拿去中日两国之间过去战争的仇恨不谈，对于日本，除了他们的文学，我并没有个人的情感，但是像一个公平的老师把名字拿掉评分的话，日本人在世界的清洁卫生上，该拿好评分。为什么日本人可以做到的事情，他旁边的邻居，我们中国人在这件小事上就不能做得好？我看了非常有感触。

我坐的日本航空公司，我看过的所有日本连锁事业，它们都在中南美拿了第一名。这一点，我勇敢地讲了出来。我们里面也许很多人恨日本人，但恨尽管恨，可是当你认清你的敌人的时候，日本人不是个简单的敌人，他们是不得了的。他们的厕所，连手摸地都是清洁的，打起仗来还了得吗？所以我说走遍中南美洲在清洁整齐上，日本人考第一名。国父说：一件小事情做得完美就是大事。谈到三民主义，也许各位觉得是背的一门功课，可是请去想想国父的道理——一个小小的公共厕所已是这样清洁，那么其他的事情不可能太坏的。这是我个人的一个看法，所以说，旅行中我必看的事情，第一是公共厕所。

去菜场

第二我要看的是"大菜场"。在中南美洲超级市场不像北美洲那么的普遍，一般在大菜场买菜的主妇仍是很多。在这种情形之下，我一定去那儿。为什么呢？我没有厨房，住旅馆，吃得很简单，为什么要看菜市？因为一国国民的生活水准、物资供应是否丰富、市面的经济是兴旺还是萧条，在市场里可以将它看出一点端倪来，没有地方比市场更好了，对我来说。

如果你出国考察，别人陪着你走，说：这是我们的加工厂，这是我们的什么……这又是我们的什么……你看不到真正消费者的基层面在那里。恰好我是穿蓝布工作裤的人，恰好我是进菜场的样子，我也进不了简报室请人做个简报，那我自然去菜场看，观察还不够，因为我懂当地语言，我也求证。我问做生意的人："怎么样？生意好不好？""不太好！"有的说："还可以。"我也看主妇的菜篮；我不只看主妇的菜篮，我又会说："太太，你买好多的菜呀！""是啊！"我问："菜篮的菜，你们几个人吃啊？""我们家三个人吃！先生、一个小孩还有我。""你几天买一次菜？""三天买一次，再添一点零碎的牛奶、面包。"你看看她的菜篮——三天的菜。"你先生做什么事的呀？"以一种谈天的方式来请教她。她们会回答："我先生在教书。""先生是邮差。""先生在银行里做事。"我可以大概看出，这是怎么样的收入，什么样的菜，什么样的消费。在我短短居留的时间里，起码可以给我了解了这个国家基础生活是如何的。消费，是从大菜场看来的。

进书店

另外，我必看的事情，是受我父亲之托，不是我自己要看的。我父亲以前跟我说："妹妹！我对你有一个要求，你是不是可以代替我环游世界一趟？"我说："你叫我做什么都不行，只有这个最方便。因为我只会做这件事情。"父亲说："我有一个愿望。"我父亲是做律师的，不是教书，但是我从小是受他的教育长大的。他说："你是不是可以走遍世界每一国，请你去替我搜集小学教科书？你把全世界小学教科书，搜集到台湾来，我们将它大略地请人翻译一下。"又说，"我请你做这个工作，我们开一个展览会，请全台湾的教育工作者来看一看，别人的教科书编得如何？比较一下，我们的教科书又编得如何？"这是我父亲的一个心愿。

这一次，因为我走路的时候，不喜欢携带太多的东西，可是我替我父亲看了，却没有买，这点倒不是我的负担，我爱进书店。在这种情形下，看了七个国家的教科书，看完了没有买，因为我觉得搜集七个不够，为了我父亲的心愿，应该特别去走一趟。

看完这些教科书之后，我相当地感触……

所以，我第三必看的，是他们小学的教育观念和取材是如何的，他们如何培养一个小孩子的心灵，如何将一块软软的泥巴，用课本来捏他，捏成一个善良、实用、有希望、有前途的生命。这是第三件我必须做的事情。

我爱做的事情

我还有喜欢做的事,和必须做的不同。人喜欢做的事,往往没有目的。必须做的事,往往跟自己、跟报社、跟我父亲都要有所交代。但喜欢做的事就不同了。

出发

我喜欢做的第一件事情,是"出发"。我不说离别,事实上每一次旅程里,出发的时候也象征了告别;但是我喜欢将离别形容为"出发",它本来就是一体两面的。

每到一个地方的时候,总会不知不觉地交上一群朋友。所谓不知不觉,就是绝对没有要抓住人家说:"哦!天呀!我多爱你啊!你要接受我啊!我多么地仰慕你啊!你多好看啊!你签名签名呀!你跟我写信,我跟你回信,求求你呀!"这种朋友,叫做"化缘"化来的。拉啊!扯啊!求地址,这叫做"化缘"。在中南美洲,我不化缘,我"随缘",缘分来了是朋友;缘分散了,那部车带我到"青鸟不到的地方"——一篇文章的名字,我上去了,跟下面的朋友,笑一笑,也就算了。

往往我知道,再不会回到洪都拉斯森林区的一个小车站,在一个下雨天，碰到同一个老太太，这情形，不太可能了。所以上车的时候跟她说："永别了！永别了！再见。"完了，走了，心里也没有什么太多的惆怅。不要让自己珍贵的感情到处泛滥，那是不好的，知道如何保护自己是相当重要的事。

有时候，我也会留下一些自己的感情，把我心里小小一块留在了什么地方。但在这种时候，我就想到，虽然不舍，可是前面有一个未知在等待着我。我留下了东西，可是我也是在迎接未来。于是搭上公共汽车，司机一发动车，收音机一扭转，流行歌曲哗哗地唱起来，看着窗外风景不断过去，我会对自己说：人生是多么美好啊！因为下一站要发生什么事情，完全不知道。所以我说，我喜欢出发。

永结无情游

再说，我喜欢"萍水相逢"。我有一位同事，和我一同走路，但是我的工作是我的原子笔，他的工作是他的照相机，两个人的工作并不相同。所以，当我们坐飞机、坐火车、坐小船、坐公车，甚至于走路的时候，我都常常跟我的同事说一句话："请你注意可以拍下的镜头，因为这次来中南美洲，你不是一起跟我来游山玩水，我也不是跟你来旅行，我要照顾我的生活，使笔下丰富起来；

你要照顾你的相机,使你的镜头多彩多姿。所以,请你不要跟我多讲话。"他也很好,也说:"你也别跟我讲话,我找我的镜头。"

常常坐长途车的时候,我就跟这位同事说:"米夏!你坐别的地方去,我不要跟你坐。"我一定去坐在一个陌生人的旁边。如果说这个陌生人和我无话可谈,只道:"日安!我可以在你旁边的位置坐下吗?"好!不讲话,那么我"随缘",我也不讲话。如果他说:"你有没有打火机呀?"我说:"有呀!"借了火,他又不说话,那我也不说话。这是随缘,绝对随缘。

这完全随缘,你要跟我讲就讲,不讲就不讲。但是,我是一个"有缘"的人,坐在我身边不跟我说话,几乎都不可能。(全场哗笑,拍手)真的,他们会把心里的话一直讲、一直讲给我听。当然,我坐长途车的时候有个坏毛病——不能睡觉;于是我就听、听、听、听……倒是有一些惊天地泣鬼神的故事,就在一个平凡女人的口中说了出来,人讲,我听。往往说的人就流下了眼泪。但是,我绝不问人:"后来呢?""后来呢?"讲到最后,她叫我"妈咪达"了。这是印地安人的西班牙语,很亲切的。他们叫年长的妇人"妈妈"(māmà),男的叫"爸爸"(bǎbà)。我曾经听过一个小孩才八岁左右,被一个更老的人叫"爸爸"。他们叫我"妈咪达",就是——小妈咪!请各位想想这样的社会是不是祥和?街上每个人都是妈妈、爸爸,(全场大笑)多么的好哦!他们开始一直叫我"小姐"或"太太",我觉得不被认同。有一天,忽然发觉,不知怎么搞的,已变成他们中间的"妈咪达"了——就这一个字,他们认同了我。

"妈咪达!再见啰……"这种情形,我叫"萍水相逢"。李白那首诗,我自己已经背很多次了——《月下独酌》,最后四句是:"醒时同交欢,醉后各分散,永结无情游,相期邈云汉。"这就是我对于萍水相逢的一种了解。再见的时候,走吧!"妈咪达!你家在哪里?""家在东南西北。""家在哪里嘛?""家在天下。""家到底在哪里?""家在宇宙。"(全场笑)我不留地址,从不留地址。我的家在宇宙,再见了!好了,这就是萍水相逢,我喜欢这件事情。

口琴

这一路,我没有玩具。大人也应该有玩具。在加纳利群岛,我的玩具就是那些书籍,一收到新书就快乐得不得了。我在那边的玩具,也是我在家里种的青菜,也是我的溜冰鞋,还有我的皮带水管,用来在黄昏的时刻洒草坪,让海风吹出水花来。这是我的游戏。

旅行的时候,我们没有收音机,最简单的走法最好,一个小小的袋子就走了,我的同事常常说:"唉!好寂寞哟!要是有个收音机多好。我们两个又不大讲话,话也都讲完了,你叫什么名字,我叫什么名字,没有办法了。"

在洪都拉斯去赶集的时候,我买了一个陪伴我的小朋友——一个小口琴。(三毛拿出小口琴,吹了一声)在洪都拉斯买来的,一个连当地人都不太知道的印地安人赶集的深山,坐了八小时的车路,结果买下的却是捷克制的一把小口琴。(全场笑)就是这个小宝贝,陪着我走了万水千山的道路。我喜欢用这个小小的乐器,在大街小巷,在荒村野道上大步地走着,吹什么曲子呢?

我不会吹口琴,各位不要以为我真会,我吹得非常难听的。

可是我带口琴!为什么?小时候父亲逼我弹钢琴,弹得眼泪滴滴答答掉。我们全家的孩子被我父亲强迫恶补音乐,有这样爸爸,真奇怪!(听众哗笑)当时我一直反抗,不肯弹钢琴,我不喜欢弹钢琴,听听就好了。我父亲说:"我强迫你,因为将来你在人生的路上,可能遇到一些坎坷,到时候要是爸爸妈妈不在身边,音乐可以化解自己一点点的忧伤。"我不懂,完全不懂父亲的意思。我说:"你说的忧伤就是没有钱啦!我晓得。"(全场笑)"我没有钱,你逼我弹钢琴,我长大的时候贫病交集,哪里有钱买钢琴娱乐自己呢?"

可是起码我父亲有关音乐这句话,到今天对我生了效果。我买了一把小口琴,自己摸索,摸索出音阶来。好,我们就回到刚才那个地方,吹什么曲子?想想看!在圣保罗,那样的大都市里,在玻利维亚大草原的穹苍下，就是这条洗了又穿、穿了又洗的蓝布裤子，就是这身打扮，也就是这个小口琴，吹什么，吹吕泉生先生作曲的《中国儿童进行曲》。

我现在才知道，有很多的小学还是用这条曲子，作为早晨升旗时集合的曲子。各位知道这曲子吗？好像都不知道，难道我这么老了吗？（众笑）

在我说我喜欢吹口琴，这场旅行我只讲愉快的事情。其实这是人生中最大的一场体力考验，半年的时间让你走、走、走、走……每天早上十点钟出门，到晚上十点回旅舍，这是我的作息。

在这种情形之下，有时候心理上会有"高原现象"出现，会疲倦的，不愿意再走下去。怎么办呢？就吹这条曲子快乐我自己。（三毛哼出了一段曲调）大家知道这首曲子？（全场笑答："知道。"）

在我小学一年级的时候，这里没有这样可爱的小宝宝吗？一定有的。我一年级时是很可爱的小孩子，不是像现在这个样子。（众笑）一年级的时候，剪着短发，一件白衬衫，深蓝色的裙子到膝盖，穿着我母亲替我洗得很清洁的一双白球鞋。早晨，我们在教室自修，一听到这条歌从扩音器放出来的时候，所有的小孩就像弹簧一样从椅子上跳起了来，然后就顺着曲子排队，机器人一般恰恰、恰恰地走到操场上去，站在"国旗"下面。于是，一个小学一年级的孩子美丽的一天，在朝阳之下，因为这首曲子而打开了。我最快乐的回忆,就是跟这首曲子有关的。到今天,千山万水怎么走,我吹它的时候,又变成了当年那个快乐的小孩子。

喜欢偶尔的迷路

我又喜欢……各位一定吓一跳,我自己也很吃惊,原来我喜欢的是这个,因为上一霎我已经忘了——我喜欢"迷路"。(听众笑起来)

别人说哪有这种事,你迷路了不是很慌张吗?我不常迷路,因为我的方向观念非常正确,我的方向观念是因为多少的坎坷,迫得我不敢再走岔路,所以,我说我很少迷路。

可是,偶尔迷一次路使我开心得不得了,譬如说在一个一千七百万人口的大城——墨西哥城里面,迷路了。比如在一千两百万人口的圣保罗城,在巴西,一下子发现也迷路了,我开心得不得了,终于一次,不是"人为"地使你迷路,自自然然。所以我说,我喜欢迷路。

为什么?迷路的时候,往往使你有一点点心焦,然后呢,又有一点点欢喜。

最有趣的一回是在巴西,要回旅馆,一不小心绕个圈,迷路

了。这一迷路，迷到哪里去了呢？越走越不对，迷到了——花街柳巷。（全场哗笑）

我觉得这是旅行中给我的一个礼物，我必看的是大菜场啦，教科书啦，公共洗手间啦！……怎么没有说必看花街柳巷。这偶尔一个错失，使我进去了。我看到花街柳巷一个真真实实、活活泼泼的另一个层面的生命、美丽和艺术，是我平常所不能接触到的。我不说它是低级、中级或者高级，我现在要说的是，看见的它是一个浮面的"街头喜剧"，当然，里面藏着的东西可能便是悲哀了。一生就可能这么迷进去一次，也就出来了。所以，我说，我喜欢迷路。迷路这件事情也是好的，迷了方向，一下子峰回路转、柳暗花明，人生又是一番风光了。所以我说，我喜欢迷路。

人间灯火胜于巨星

再说，我喜欢看人间的灯火。

每当黄昏来临的时候，我也走累了，常常往一个小山坡走去，当然在安地斯高原有很多斜斜的山坡，在那个山坡的旁边，往往就会有一座教堂——天主教堂，它们喜欢建在高岗上。教堂门口有长长的石阶，我在石阶上坐下来，对着脚底下那片小城，有的时候六万人，有的时候十万人，有时候十二万人，我坐在那个地方,托着下巴,看天空淡淡的晚霞,由那种红褐的颜色,转成鸽灰,在转变的时候,那个山冈下的灯火东一盏、西一盏地点燃了起来。

我常常在那里看、看、看,看到发痴发狂了过去。那个时候,我绝对要求我的同事不要在我的身边,我要一个人。

黄昏是一天里最美丽的时刻,这个时候,妻子等着丈夫下班;工作一天辛苦的男人,放松了!孩子放学,母亲炒菜;老祖父、老祖母在盼望什么时候孙儿、孙女再来看望他们,这都是灯火下的故事。

我爱看那些灯火,看到后来心里就要跟我那上天的爸爸讲起话来了,我说:"老天爷啊!求你看顾这些灯火,但愿在这一盏盏灯火下,没有命运的家破人亡、妻离子散,也没有人为的夫妻吵架、父子不和,也但愿天下每一颗流浪的心,有一天在一盏灯火下,得到永远的归宿。"

这不是我在作散文,因为知道灯火对我,对人间,象征着什么样的意义。

看到后来,黄昏过去了,天暗了,那个时候,我常常拿出我的口琴来轻轻地吹,吹什么?吹《甜蜜的家庭》。对着不知道已有"甜蜜家庭"的那群灯火,在那个高岗上,静静地吹,吹到天空变成深蓝色,吹到天上繁星万点,地下火树银花——好了!没有了哀伤,我站起来拍一拍衣服,对自己说:"走吧!回旅馆去,美丽的一天结束了。"这也是我喜欢做的一件事——看灯火。

我不喜欢的事

我不喜欢做三毛,尤其在我旅行的时候。中南美洲不只是中国人认识我,因为我的文字被翻译成西班牙文的时候,中南美当然也有,其实我的外形和在沙漠时代,已经是完全两个不同的人了,在加拿大却被一个墨西哥人认出来:"我在哪里见过你?"我说没有。他一直坚持见过我,"对!你就是坐在沙漠,抱着一只小白羊的女人,那就是你嘛!"我问:"你在哪里看到我的照片?"他说:"在《读者文摘》画上。"

当然,这种外国人的情形是不多,因为他们把我看做印地安人的情形比中国人还多,但中国人不同。中国人在中南美洲的华侨是很多很多,出乎意料的多,这是我自己的孤陋寡闻。

我不喜欢的事情是——不喜欢做三毛。我穿着这身工装裤,中国人一看就知道是三毛,就会在街上追我,中国人就会把我捉住。

不得了,就要来爱了,读者是爱我还是罚我,很难讲,(哄堂大笑)那个爱,泛滥得比洪水还要可怕。怎么爱呢?将人爱得死去活来不胜负荷。

有一次在巴西,被一位特别凶悍的读者在街上抓住了,用手捉住,要带我去她家,说她环境好,有大轿车,你要去哪里玩都可以。我说,不行!我要走路,我要坐公共汽车,我要坐地下车,得到我自己的见闻,不然我浪费了报社的金钱。她不肯,问我住什么旅馆，我不肯说，后来她站在那里哭起来了说："我等你等那么久，原来你是这样一个残忍的人。"（全体大笑）我认为这不是真正地爱护我。我不喜欢被人过分地爱护，尤其是读者强迫我接受的那份爱。

盲琴师的故事

事实上这都不是"远方的故事"，现在我要说一个小小的"远方的故事"。

在秘鲁印加帝国的古城，叫做古斯各。我因为雨季在那个地方被困住了，大约有一个月的时间，这段时间我在那里写了《索诺奇》《夜戏》《迷城》《逃水》四篇文章，但是我忘了写另一个故事，现在这里补出来，也算是我在那四篇之外的第五篇。

在这个城有一个很大的广场，广场上有很多人在那里兜售他们的土产，这是普通的现象。我因为雨季不能离开，而每天早晨是不下雨的，中午十二点过才开始下。每天早晨我到广场上去散步，散步的时候，总也听到有弦乐的声音，从广场的一个角落飘过来，但是看不到人，只听到音乐。

散步了两天之后，第三天就去找音乐的来处了。找到很远一个角落，看到两个人，一个比较胖的，年纪比较大的，是一个盲人；旁边坐一个比较瘦的也是盲人，两个人都戴了帽子。

一个盲人弹着类似竖琴一般的乐器，另一个吹笛子，非常好听。我走过去，发现他们前面放着一个茶杯一样的小罐子，当然是乞讨，将音乐来换你一点点的铜板。

我认为一个将音乐带上街头的人就不是乞丐，因为毕竟他给了你一点什么东西，一个把美丽音乐带到街头的人，是不能叫做空手乞丐的。

看看他们放钱罐，罐子里是空的，我走过几次，没有人跟他们丢钱。我跑到对面广场坐下来了，细听那音乐，不能说弹得很好，也不能说差，民族音乐的风味。直觉这两个人讨钱的地方不对，他们躲在那角落里讨钱，人家只会听到音乐，哪里会有人找到他们那儿去给他们钱呢？

在这种情形之下，我心里对他们付出了很大的同情。我走过去对他们说："请问是谁把你们带到这街角的呢？这是广场的最角落位置不太好哟！""是我的小孩带我来的。"我问："收入怎么样？""很少！"非常老实的一对音乐师。这本来也是个贫富不均的国家。

一时里我想了一下。古斯各城那时我已经熟了，有很多窄窄的巷子，是石块砌的，印加时代砌的。我们游客去参观他们古迹的时候，秘鲁政府做了一件很有趣的事情——强迫你买观光联票。你参观这教堂时，非得同时买下另一个美术馆的入场券，你买了美术馆的入场券，他强迫你再买另一个古堡的入场券，一次十五个古迹一起卖。

我想，有一条窄街，只两条手臂伸直那么窄，从一个大教堂出来的时候，游客经过这条长长的窄街前往美术馆，是游客必经之路。我跟两个盲人说："你们信不信任我？我是一个旅行来的人，我觉得我有办法替你们多赚钱。"他们一听呆掉了。我说："你们别怕，我不会害你们的。""太太！我没有怕你！你到底要做什么？我们一向坐在这角落里的。""来！你们这样不够赚，这不是办法。"他们实在很贫穷，我并不是鼓励讨钱，只是要帮忙。

我跟弹竖琴的人说："请站起来抱住您的琴，拉住我长裤后面的带子——"我把他的手拉过来拿住我的背带，他后面的人再拉住他的衣服，一串三个人像糖葫芦一样。我走前阵。"慢慢走！这里有楼梯。"其实他们路比我还清楚，因为那是他们的城。我们三个拉着走，我也说不出他们的年纪，是两个印地安人。

我们走得很慢，因为怕他们摔。我把他们带到那条窄街上去，请他们坐在街边。

我在对面等，看到那些游客参观完教堂了，开始要走向美术馆去了，就开始喊："大师啊！音乐来吧！"其实盲人的耳朵比我好，不必叫他们就知道有一群人来了，我是叫给那些游客听的。然后他们就弹起来了，我就赶快跑到他们旁边去坐下，"三个乞丐坐在一起"，（全场大笑）一句话也不讲，我口琴不能吹出来，一出来钱就不来了。（哄堂大笑）

我坐在那个地方，愁眉苦脸的样子，别人先听到这街道有音乐，走过来一看前面有个铁罐子，当然是求钱啦！那么这些人是刚刚从教堂走出来的，好意思不留一点点钱在罐子里面吗？不好意思！良心有挣扎。（众人大笑）

后来，我说，我们省点气力，人不来的时候我们不弹，游客来的时候，我们才弹，要不然每天弹得好累。（大笑）两个乐师忠厚老实，不太会说话，就在那儿等，有人来就工作。最后，他们的罐子里面钱丢满了。尤其弹竖琴那人，他的裤脚是卷起来的，钱都满到翻起来的裤管里去了……都是钱，钱丢得太多太快了。

我这样替他们讨了两天的钱。我说："记住了。"我跟他的儿子，很小的一个小孩说，以后把爸爸带到这里来，下雨的时候就要拿伞来接，就坐在这里，人群是逃不掉你们的了。（大笑）

要离开那个地方了，跟很多人去告别。东告别，西告别，最后到他们那里去了，我心里比较喜欢弹竖琴的那位。我跟他们两个说："明天，我要离开古斯各了，什么时候回来，不知道，但是我很喜欢这个古城，有一天总是要再来的。"

他们听我要走，心里非常的悲伤，说："为什么那么快？""我在这里也没有职业，我……"（众人哄笑）我要有职业，还必须先去练练我的口琴。"我没有职业，我要离开这里继续我的旅程了。"弹竖琴的盲琴师问我："妈咪达！"请各位注意，最先我带他们到窄街时，他们叫我"太太"的，现在已叫"妈咪达"了。

"妈咪达！您是谁呢？"盲人低低地问着。

我不知道怎么回答，如果说姓陈，叫陈平，中国人，对他并没任何意义。他是一个盲人，我怎么办呢？

只有把他的手拉过来——他的竖琴靠在他的肩膀上——把他的手打开，把我的双手交在他的手里，"请你摸我，"我说，"摸我的手，仔细地认一认，这就是我。等到不知多少年以后，再回来的时候，我要到这条街上来找你，不说一句话，当我再把我的手交给你的时候，你会知道，那个多少年前的妈咪达，回来了！"

既然我要离开这个城，这个国家，还有一些换不掉的当地钱，换一个国家也没有用了，我就把那一些纸币交在他的手里，他一定不拿，说："不要！不要！"我说，不是的，因为我要离开这个国家了，很少的钱，一点点！请收下。

他做了一个动作（画十字架），把我给他的票子拿起来放在嘴上亲了一下，然后说："再见了！上帝保佑你，妈咪达！"

结果，我得到一个盲人真心诚意的祝福。

几句话大家共勉

最后，说几句话，作为结束："爱是能力，健康是本钱。成功是努力的奖品；失败，没有这个字。"考试落榜的弟妹们，记住了，一场付出代价的失败，就是另一种成功。而最重要的，对我，一直支持到今日的，就是：快乐是最大的勇气和智慧。

高雄部分问题回答

问：三毛，在你生命中，谈一谈你看万物中有生命或无生命的美丑，最基本的是哪一点？谢谢！丑男上。（哄笑）

答：这是一位自认为长得不美的男孩子，写来的问话。生命中，什么是丑？什么是美？他署名"丑男"，可见得他对自己有一份关心。

什么叫美，什么叫丑？在我看来，你生下来只有一个字，没有美也没有丑，叫做——"自然"。

胡茵梦小姐美吗？美！纪政小姐美吗？美！我爱看她们不同的美。可是这都叫做什么？叫做——自然。那么，三毛美吗？我要说三——毛——美！（全场鼓掌不能停止）

为什么要这样说？这话是请各位对着镜子的时候，告诉你自己："我是美丽的。"我告诉自己："三毛！你是美丽的，但是你实在是个外表平凡的女人。"怎么使自己变成美丽？从这里开始（将手放在胸口）——做一个真诚的人。将我们生命中的光辉，焕发出来，在我看来世界上没有一个丑的人。今天，走了这么许多人生的道路之后，得到一个证明，以我这么平凡而外表不美丽的女孩子，得到了世界的爱、阳间的爱、冥间的爱，父亲的、母亲的、丈夫的、还有朋友的。我正好站在你们的面前，请看看三毛，是不是一个容貌美丽的女子？不是的！但是，我要对自己说："我是美丽的！"请各位也对自己说："我是美丽的。"如何美丽？从心里开始。孩子，你们的外表并不是太重要的问题，可是心灵，却是可以培养的。

问：三毛，有一天我在陆桥上，看见一个父亲带着两个小孩乞讨。小女孩不停地哭着，男孩不想坐那里想逃开，父亲却一把抓回来，男孩哭着坐在铜盘子前。如果你看到这情形，会有什么感觉？那父亲的行为对吗？

答：我觉得相当遗憾。我总认为一个人，在没有饿死之前，不要向人伸手乞讨。我呢？要是快饿死的时候，如果责任还没完成，或者父母还活着依靠我的话，而我已是走投无路没有别的求生能力，我会伸手向人乞讨。

父亲强迫小孩子讨钱，我觉得遗憾而辛酸。难道台湾还有乞丐吗？

问：三毛，他日你预备到何处去？
答：说行程。七月就离开台湾回到加纳利群岛的家去；有一个人睡在那里,我要去看看他,所以必须回去。然后,没有什么变化的话,十月回到台湾来。这是我目前的计划。十月后,回到台湾来定居一年。(全场热烈鼓掌)但是我常常会用我的脚步去替各位走长远的路,再回来。

爱的诠释

问:请问你对爱的看法。

答:倒是有几句话是我小时候背的,就是在《圣经·哥林多前书》,你们不论是不是教徒,没有关系,我认为可以看一看。我有信仰,爱看的不只是圣经,也看佛经,在我,一点也不相违的。在《哥林多前书》十三章,有一段对于爱的解释:

我若能说万人的方言,并天使的话语,却没有爱,我就成了鸣的锣、响的钹一般。我若有先知讲道之能,也明白各样的奥秘,各样的知识,而且有全备的信,叫我能够移山,却没有爱,我就算不得什么。我若将所有的周济穷人,又舍己身叫人焚烧,却没有爱,仍然与我无益。爱是恒久忍耐,又有恩慈,爱是不嫉妒,爱是不自夸、不张狂、不做害羞的事,不求自己的益处,不轻易发怒,不计算人的恶,不喜欢不义,只喜欢真理,凡事包容,凡事相信,凡事盼望,凡事忍耐。

这一段请各位去看一看。这是当年在教会里强迫我背的，过了这么多年的体验，再思考时，生活中已慢慢地在进入了它。到现在才了解，这是什么意思。这是我回答"什么是爱"的感想。

问：你曾经看过只有几个观众的歌舞团，那篇你写的《夜戏》，可曾想到面对空旷大礼堂的感受？

答：今天假如我谈话的时候，下面的位置只坐了一个人，当然那一位不能是《联合报》痖弦先生，可能只是坐着一位小弟弟，只要他听得懂我讲的话，我相信不只是我，我们全体的工作人员，为着这一个人，仍要做最精彩的演说和多元媒体幻灯片放映，这是我代表工作小组所做的答复。（掌声不能止息）

问：三毛，如果我们要出国，哪些书是必要参考？

答：我不知道你要去哪一国，去美洲不能去看欧洲的参考书，书店里，出国以前，到书店看看比较好。

问：陈姐姐，中南美洲有一巨大图形，你有什么观点？

答：这是我没有讲的，这是地上画，在秘鲁沙漠里。这段故事，我为什么没说？因为当时我生病了，由摄影师米夏坐了小飞机到上面去拍的，这一段的谜，在我出的书《万水千山走遍》，有一篇米夏写的文章叫做《飞越纳斯加之线》，谜在文章里，幻灯片上也会有。有什么观点我不好说了，因为时间不够。

问：今天我是被挤进来的，我很高兴陈姐姐有这么多朋友，但是我很担心我身边的一位孕妇，被挤得很痛苦，我觉得很遗憾。

答：有时候，挤，不是故意的，人潮在后面推你，你没办法，可是总有一个人开始推，才挤的。各位既然大家都是爱护三毛的人，包括我在内，三毛文章里讲的最平凡的东西，就是"良知""公德心"，就是"爱"，起码我们这里的人，在这点事情上，请求大家结合在一起，守秩序用行动来证实。对于进场秩序的狂乱，我向各位道歉，毕竟是因为我。这种事情，散场就不会发生了。（听众大笑）

问：您上次演讲过"燃烧是我不灭的爱"，能不能解释这句话？

答：今天在这里幕前幕后所有的工作小组人员是为什么？我们大半今天清晨六点才睡觉，八点钟又坐飞机飞来高雄，我所要讲的一个字就是"爱"，而我个人对生命的爱最大的表达就是燃烧，难道要再解说吗？

但是请不要迫我变成两头燃烧的蜡烛。（语句停了，很艰难地再说）尤其是年轻的弟弟、妹妹们，你们是未来的中国不可忽略的巨大力量。今天，陈姐姐已是一支两头燃烧的蜡烛，我非常非常的疲倦，别无选择，请求你们让我静静地燃烧，只燃烧一边，我们把这烛火传递开去,大家点,不只是演讲者一个人的工作。今天站在这里,更不是三毛一个人的光荣,如果这只是个人的光荣,弃之并不可惜,我——不——要。我最大的光荣是去陪母亲吃饭……而我没时间……(三毛当场哽咽,说不下去)

很对不起——对不起——对不起——好,终于哭出来了,哭出来也好,表示我还有泪。站在这里的三毛并不光荣,因为她连一个人子的基本孝道都没有做到,她不是光荣的人。

各位朋友,如果不是使我们有一个更朴实、活泼、祥和、健康而有盼望的中国,不然我为什么站在这儿与大家共勉?不要再爱我了,从爱你自己做起,如果不看重自己,国家又如何强盛起来?

但愿这场演讲之后,各位回去,心里看见的不再是三毛,而是自己和中国,自己和人类,自己和爱的付出,使我们有一个更祥和的地球。

再见,谢谢大家,一切随缘了!

(本文为全岛巡回演讲会讲词共同部分的集合,由丘彦明记录、三毛亲自校订。)

三毛说书

武松、潘金莲、孙二娘（上）

各位乡亲，鄙人少小离家，半生漂泊。二十年来，但觉人生如寂，而今叶落归根，回返家园，内心感触无以名之。归国数月，今见汉堡、可乐、霹雳舞、原宿族充斥街头。此情此景虽为时代走向，无可非议，然而眼见传统艺术日渐式微，中国民间故事不再流传，心中忧急，如火如焚，万不得已，挺身而出。但凭说书，企求同胞手足再度文化回归，一片苦心只为抛砖引玉。

今日惜蒙各位乡亲不弃，由我三毛侍候您老一段《水浒传》中的"武松、潘金莲与孙二娘"，说来无非博君一粲。有道是有钱的捧个钱场，没钱的捧个人场，在此道谢爱护之恩，不周之处，敬请包涵。闲话连篇，就此打住，言归正传。

话说，好汉武松景阳冈上，五十七拳加上一棒子打死了一只吊睛白额凶猛大虫。下得冈来，人人争看英雄。那阳谷知县相公使人来接,把那大虫扛了,将凉轿抬上武松,迎到县城里来。

那阳谷县听得人说,一个壮士、一顿拳脚,打死了那伤人性命的畜牲,皆尽出来看视。武松到处,万人空巷。知县有心抬举武松,便道:"你原是清河县人氏,与我这阳谷县只在附近。我今日供你在本县做个都头,如何?"武松跪谢道:"若蒙恩相抬举,小人终身受赐。"自此,武松做了步兵都头,众人都来与武松祝贺庆喜,连连吃了三五日酒。武松心中想着:"我本来要回清河县去看望哥哥,谁想到却来到这阳谷县里做了都头!"自此上官见爱,乡里闻名。

又过了三二日,那一日武松走出县来闲玩,只听得背后一个人叫着:"武都头,而今你发迹了,如何不看顾我则个?"武松回过头来叫声:"阿也!"看见那人翻身便拜,拜罢说道:"你如何却在这里?"那人原不是别人,正是武松的嫡亲哥哥武大郎。武大郎在这个时候看到了他的兄弟武松,就说了:"二哥——"在这儿,虽然武松是他的弟弟,但是武大叫他的弟弟二哥。武大就说了:"二哥,你去了这么多时候,怎么不寄封家书来给我呢?我又是怨你,又是想你。想你呢,因为我最近娶得了一个老小在家,"老小就是老婆的意思,"怨你呢,是因为你当时在家里吃了酒就要跟人去打架,你老是要吃官司,让我去侍候你。"现在我想你了,因为我有了一个太太,我娶了个老婆。

在这个地方，我们就看一看这两兄弟的出身。看官听说：原来武大与武松是一母所生两个，武松身长八尺，一貌堂堂，浑身上下有千百斤气力，不然如何打得过那个猛虎。那么，我们看看他的哥哥长得怎么样子。武大身不满五尺，面目丑陋，头脑可笑，清河县人见他生得短矮，给他起了个诨名，叫做"三寸丁谷树皮"。

在这里，我们有一个解释了。在录这段音之前，我找出一把我祖母的尺来——我祖母是清朝的人——我找出一把尺来量一下。我们中国的门是六尺，这里说武松身长八尺，可见比我们现在的门还高了两尺，好高的武松！武大呢，身不满五尺，事实上比我也还高了，可见武大并不是绝对像电视里面演出来的这么矮小的一个人。但是他有特点，他面目丑陋，不帅，还有头脑可笑，是一个思想很简单的人，所以，大家就给他取了个诨名叫"三寸丁谷树皮"。

兄弟的出场讲完之后，话分两边。

那清河县里有一个大户人家，有个使女娘家姓潘，唤做金莲，这是她的小名。这时候潘金莲一出场，武松将来的整个命运全部改变了。那么，我们看看金莲是个什么样子。这位金莲年方二十余岁，颇有些颜色，长得蛮好看的。因为那个大户要缠她，这使女只是去告主人婆，意下不肯依从。

从这点我们又可以看到,潘金莲的出场,作者笔下并没有把她经营成一个贪慕虚荣的女子。金莲是不爱钱的,金莲爱的是情。所以,这个大户虽然是她的主人,金莲她看不上这个大户。大户要缠她,如果她答应了,她依从了这个大户,她将来有好多物质上的好处。金莲她不答应,不但不答应,她还有她的胆识,去告诉这个大户的老婆,说:"我不答应。"

从这里我们又可以看到,金莲虽然是一个小家碧玉,可是她是一个很聪明的人。既然大户要缠她,她不答应,那么这个大户就从此记恨于心,就恨了金莲,就到外面替她找丈夫了,刻意地去找了一个头脑可笑的、面目丑恶的武大郎,就倒赔些房妆不要武大一文钱,白白地嫁给了他,打发了这个使女。

刚才说到是武松和他哥哥的相见,也说到了潘金莲的一个来历。我们再下去又回到武大在阳谷县里面碰到他兄弟,继续这个故事,我们讲下去了。

武大在清河县里娶得金莲之后,因为他的个性软弱,有许多的浪荡子弟就到他的家门口来骚扰。在这种情形之下,他也管不得金莲了。因为他怕金莲怕得不得了,所以就带着他的老婆潘金莲搬到阳谷县来,在这里租房子而住,每日仍旧挑卖炊饼。

"每日仍旧挑卖炊饼"这句话里面,我们可以看到,武大郎不是有什么一技之长的人,他在这个县里也卖炊饼,在那个县里也卖炊饼。

这日在县前做买卖,见到了武松之后呢,武大就说了:"兄弟呀,我前几日在街上听得人沸沸地说——"就是好热闹地说,"说景阳冈上一个打虎的壮士,姓武,我猜就是你。"我猜就是你这个弟弟,可是我也就是猜了没有去看,不巧我在这里碰见你,当然你就跟着我哥哥回家去了。

这个时候,他们两个兄弟手足情深,武二的气力大,当然把哥哥的担子就担起来了,一起走到哥哥的家里去。一面走当然就一面闲谈,武大就说:"前面不远的地方,那个紫石街就是我租房子的地方。"

且说且走,绕了两个弯就看到有一个卖茶的茶馆。在茶馆的旁边,就是武大的家了。为何《水浒传》里面特别在这个地方提出那个茶馆来呢?事实上,这个茶馆就是这个故事的后面,潘金莲红杏出墙,和西门庆有了一段奸情时候的那个媒婆,叫做王婆,拉线的人所开的茶馆。在这个地方,作者就闲闲地放下了一个伏笔,从武松的眼里这么轻轻带过。这是千秋之笔,写来非常简单。其实,这个时候王婆没出来,她的茶馆已经出来了。

说到武大到了家以后就大叫了一声:"大嫂,开门。"只见帘子开处,一个妇人出到帘子下来。

我们知道武大、武二、潘金莲都是宋朝时候的市井小民,他们并不是像《红楼梦》的大观园一样,好像大闺女不出门也碰不到外人的。武大和潘金莲是住在街上的,做买卖的街上的。在那个时代,据我们所知,家家户户在白天是不能关门的,只能到了晚上才关门。既然说把门打开着,那怎么办呢?于是家家户户就下着一个帘子,挡住一点对着外街的视线。帘子在《水浒传》里面的这一段非常重要,因为都是帘子帘子帘子帘子,造出了很多的事情来。我猜这个帘子是竹子做的。

这个时候,一叫"大嫂开门——"一个妇人出到帘子下来,道:"大哥,怎地半早便归?"大哥,你怎么那么早就回来了?武大就说:"你的叔叔在这里,且来厮见。"你来见见你的叔叔吧。武大这个时候就接了这个担子挑到厨房里去了,出来说:"二哥,你进房子里来和嫂嫂相见。"武松掀起那个帘子,走到里面去的时候,武大就跟他的老婆潘金莲说:"哟,你知道吗?原来那个打虎的英雄就是我这个兄弟呀!"说的时候,心里是无限的骄傲和高兴,因为他们已经一年多没有见面了。

那个妇人第一次看到她的叔叔的时候,就两只手叉个像平剧里面的样子,放在腰上,叉手向前说:"叔叔万福。"各位请切切注意,这是潘金莲第一次叫武松"叔叔",直到她叫到另外一个称呼的时候——在此暂且不说——叫了武松三十九声"叔叔",这是金圣叹所批的有名的三十九声"叔叔"。第一声叫出来了,说"叔叔万福"。武松道:"嫂嫂请坐。"

武松进去，这时并没有描写说武松看到他嫂嫂长得怎么样子。金莲从帘下出来，到武松的眼里看见她，就不像开始介绍她的时候说"金莲颇有颜色"。武松的眼里没看到颜色，只看到个嫂嫂，让她坐下来。

嫂嫂刚要坐下来的时候，武松当下推金山，倒玉柱，纳头便拜。他就拜他的嫂嫂了。那妇人向前扶住武松道："叔叔，"又叫一声，"折杀奴家。"武松道："嫂嫂受礼。"那妇人道："奴家听得隔壁王干娘说——"你看那个开茶馆的又出来了。

如果说我们写作的人要安排王干娘，我们说，话说隔壁住着一个王干娘，怎么样怎么样，这个笔法就不好了。刚才她的茶馆已经被闲闲地带出来放了一个伏笔，这次金莲开口说话的时候又带出个王干娘来了，她说："我听得隔壁王干娘说，我们县里来了一个打虎英雄，我跟王干娘就要跑去看，我们去的时候不巧赶得迟了，没有看到。"从这句话里面可见，潘金莲不是一个不出闺门的妇人，她是出去的。

三个人一同到楼上去坐了，这个妇人潘金莲就跟她的先生说："你看叔叔来了，我陪着叔叔坐地，"就是我陪着叔叔坐着，"你且到街上去安排些酒食来管待叔叔。"咦？这个地方，我们听到这里就觉得奇怪了，兄弟两人一年有余不见面，见面的时候，是不是少不得叙一叙兄弟之情？如何这位嫂嫂刚刚才见到这个叔叔，就打发了她的先生说"你到街上去买酒食，我来陪叔叔坐地"？那武大是个头脑简单的人,就说:"最好,最好,最好。"他就去安排酒食了,说:"二哥,你坐一坐。"

武大走了以后,就剩得武松和他的嫂嫂潘金莲坐在楼上。那妇人在楼上看了武松这表人物,用她的眼睛在那里看武松。"看了",这是三毛的注。一看,"看了武松这表人物",心里就想道:"武松与她的丈夫是嫡亲一母兄弟,这个武松生得这般长大,我嫁得这一个也不枉为人一世。"她说,哎呀,我冤枉了,我嫁给了那个哥哥。她说,你看啊,我嫁的那个人"三寸丁谷树皮",三分像人七分像鬼,我嫁了他真是晦气!这个武松连大虫也给他打倒了,必然好气力。

为何金莲看得武松一表人才之后,马上想到他的气力呢?在这个地方,是不是有一种性爱的联想?为何她想到这个男子的气力的问题?我们在这个地方就含含糊糊地摆下去这个伏笔。

她心里又想了,听说他还没结婚,为什么不把他搬到我的家里来呢?这都是潘金莲一个人在想,她根本不跟武松、武大去打商量的啦。

那妇人这时候脸上堆下笑来,一笑,后来还得笑。看她叔叔一下就堆下笑来,就问:"叔叔来这里几天了?"总是她先开口。武松就说:"到这里十几天了。"那妇人又说:"叔叔在哪里安歇呀?"他说:"我胡乱在县里面有个房子给我就住了。"那妇人道:"叔叔这样就是不方便了,你一个人,也没人料理你的衣食。"武松就说:"我一个人住也是很简单,又有士兵伏侍我。"这个时候,金莲就说了:"那些人怎么顾得到你呢?你呀,要些汤,要些水也是不方便的。你不如就搬到家里来住好了。"

你看潘金莲,她要把这个叔叔弄到家里来的时候,并没有问她的先生有什么意见。可见在家里武大是怕潘金莲的,怕得要死,她什么都自己做主。

那个妇人就这么讲来讲去,武松并没有答应她。武松就说:"谢谢嫂嫂厚爱。"谢谢你爱护我。这个时候,潘金莲就说了:"莫不是别处有婶婶?可以取来厮会也好。"她就开始讲起女人的事情了,她明明知道武松是没有太太的。武松就老老实实地回答她说:"武二并不曾婚娶。"那妇人又问道:"叔叔青春多少?"武松道:"武二二十五岁。"

从这句话里面,我们可以看到一个文艺心理学,我就举现代的例子来说。如果我看到我隔壁的林先生长得英俊潇洒,我心里有意于他,那么我可能就问一问林先生说:"林先生,您今年贵庚?"如果林先生告诉我说"我三十二岁",我一想,我三毛年纪比他大了很多,我就会说"哦",就不说话了。如果林先生今天他答我说"我三十八岁",那么如果我是三十三岁,我就会很高兴地跟他说"长奴四岁",或者"长奴三岁",两个人的关系用一个年龄扯过来。这个地方,武松说了"武二二十五岁",那妇人就很开心地说:"长奴三岁。"那么武松和妇人的关系又是接近了一步。

167

她就跟他说:"叔叔,你今天是从哪里来呀?"在阳谷县之前你是从哪里来?就说了一些闲话,武松说:"我在沧州住了一年有余,不想到这个地方来就碰到哥哥了。"这段我们把它快快地讲。这个潘金莲就开始抱怨了,她说:"我们在清河县住不牢,因为你哥哥为人懦弱,别人都要欺负他,不得已我们搬到这个阳谷县来了。要是我嫁的不是他这样一个软弱的人,就没有人欺负我了。"在这里,她要说这些抱怨的话是为什么?她是想让武松知道,她和他的哥哥在情感上并不是很和睦的,这句话就闲闲地说了。

正在说这些话的时候,武大急急匆匆买了些酒肉果食就回来了,走到厨房下面——他们坐在楼上——走到下面的厨房就叫:"大嫂呀——"他叫他太太"大嫂"。"大嫂呀,你下来安排一下果食。"这个潘金莲就说:"你看那个不懂事的,叔叔在这里坐地,却教我撇了下来。"

我就想问问潘金莲了,是你懂事还是武大懂事?你是一个家庭主妇,你是应该陪着叔叔坐地呢,还是应该到厨房里去?所以潘金莲明明是懂事的,她做不懂事状,还去骂了她先生一句。

那个妇人就说了:"我不下来给你预备酒菜,你叫隔壁王干娘——"你看,王干娘又出来了,"你叫隔壁王干娘来安排一些酒食就是了。"一次、两次叫王干娘,在这个地方,我们从另外一个角度来看潘金莲,她也是一个可怜的女子。在这里可以看到,金莲她好像没有父亲,也没有母亲,更没有兄弟姊妹,也没有朋友,更何况呢,她可以说是没有丈夫,因为她跟武大的关系是这么的不好,她没有丈夫。她只好认了邻舍的这个老婆子为干娘,她心里也是相当寂寞的,所以口口声声叫王干娘。她的生活圈子很小,就只有隔壁一个王干娘在。

说到这里,王干娘来了,安排了一些酒食就搬上来摆在桌子上了。这个时候,三个人坐下来喝酒了。

好,你看武大怎么坐?因为武大是哥哥,他发命令了。他叫他的老婆潘金莲坐上首,叫他的弟弟坐在潘金莲的对面,他自己打横,就坐成一个中国字"品"字形。品字下面两个"口",就是坐的潘金莲和武松,上面一个"口"坐的是武大。从这个座位的坐法,我们就可以看出来一个视线的问题。如果武松要看潘金莲就是直着看,潘金莲要看武松也是直着看,这两个人要看武大的时候就要歪过头去看。可见,这个位置是作者有意这么安排的。

他们在一起喝酒了,喝酒的时候,那个妇人就笑容可掬地满口道:"叔叔怎么鱼和肉也不吃一块呀?"就一直拣菜过来给武松吃。武松也是个直性子的人,在这个时候只把潘金莲当做他自己的亲嫂嫂来看,武大又是个软弱的人,哪里懂得这些事情呢?等这个妇人喝了几杯酒之后,那个眼睛只看着——这个时候书上明写着是三看——只看着武松的身上,绕着武松上看下看,就对着武松看。武松吃她看不过,武松给她看得看不过,自把头来低了,也不怎么理会。

当日吃了十数杯酒,武松起来就说要走了,潘金莲想把武松弄到家里来居住的事情,因为当时武大去买酒食,并不知道。所以这个武大也没有想到让他的弟弟搬到家里来住,倒不是他不欢迎他的弟弟,他们手足的情感很深,而是他这个人头脑简单,他实在没有想到。他就说:"弟弟,你再喝几杯酒再去了。"武松说:"我过几时再来看哥哥吧。"大家就把他送下来了。

那个时候那个妇人就急了,叔叔要走了,妇人就说了,她说:"叔叔,你还是搬到家里来住吧!不然就吃邻居说了我们这些笑话,哥哥嫂嫂在,怎么弟弟住在外面了?"武松还是不答应她。武大就说:"啊?这样说呢,也好,弟弟你就搬到家里来住吧。"这个时候武松虽然也不是很情愿,但是既然哥哥也说了,嫂嫂又这么热切地让他搬过来。武松就说:"好吧。如果这样的话,今天晚上我有一点简单的行李,我就把它搬过来住在你们家了。"那个妇人就说:"叔叔,你可要记在心里哦。奴在这里专望。"我在这里专心地等待你。

当天的晚上,武松就引着一个士兵,挑着他的一些行李和县官赏赐他的一些礼物就来到了哥哥的家里。那妇人见武松来了,这个时候欢喜得好比半夜里拾到了金宝一样,于是又堆下笑来——四笑,金莲四笑了。武大叫个木匠就楼下整了一间房子,铺下一张床,里面放一条桌子,两个凳子,一个火炉。这些东西我们要特别把它讲出来,因为都是以后事情发生时候的道具。

从这个时候开始，武松就住在他的嫂嫂家里了，潘金莲也不再懒懒散散地做一个无聊的女人了。只要武松起床，那妇人就慌忙起来，烧汤，洗水，给他倒茶弄水，伏侍这个武松出去。所谓去上班，就是去画卯，到县里去画卯。他去画卯，中午回到家里来之后，那个妇人中午洗手，剔甲——弄指甲，整整齐齐安排下饭食来，三口共桌吃了。武松吃完饭的时候，妇人双手递上一杯茶去。武松被嫂嫂侍候得这个样子，心里有点过意不去了，他还是没有想到，嫂嫂对他有什么其他的存心。

武松也是一个会做人的人，在嫂嫂家住了不数日之后，他也请了他的邻居吃饭，邻居也回请了他们。又过了几日，武松就拿了一匹彩色的缎子——这是很名贵的东西——送给了金莲，送给嫂嫂做衣裳。那妇人笑嘻嘻道——又笑，这是她第五笑，"如何使得？既然叔叔把与奴家——"给她那个缎子，"我也就不推辞。"就接了。

从这个时候开始，他们的生活就走向正常化了，武大每天出去按时卖炊饼，武二就到县里去画卯，在那里当班。如果有什么事情，县官找他，他总在那个地方。中午回来吃饭。那妇人跟叔叔坐在一起、住在一起之后，每天就用言语去撩拨他，武松是个硬性汉子，却不见怪，也不理她。

有话即长，无话即短。不觉过了一月有余，这个时候时令变了。

我看《水浒传》大概是十二岁看起,看到现在,我发觉有一个现象,就是在《水浒传》这本书里面,只要英雄的命运有改变的时候,节令一定有变化,气候一定有变化,好像冥冥中符合了我们中国子平斗数的一些道理。

这天,已经是过了一个多月,看看是十二月天气。连日朔风紧起,四下里彤云密布,又早纷纷扬扬飞下一天大雪来。当日那雪只下到一更天气不止,次日武松早出去县里画卯,直到中午还没回来。武大在下雪天被这妇人赶出去做买卖。哎哟,好可怜哦!赶出去了。

好了,武二出门了,武大也被潘金莲赶出去了。这时,金莲就央及隔壁间的王婆,又买下些酒肉到武松房里头去,烧了一盆炭火,心里就想到:"我今日要着实地撩他一撩,不信他不动情。"那妇人独自一个冷清清地立在帘儿下等着。这个时候,潘金莲冷冷清清的。

我在这个地方从另外一个角度看,觉得金莲自从嫁给武大之后,她的帘下寂寞已度千万春秋。事实上她是个寂寞的女人,现在在那个帘子底下站着等她的叔叔回来。

只见武松踏着那乱琼碎玉归来,踏雪回来了。那妇人慌忙掀起帘子,赔着笑脸——八笑了——迎接道:"叔叔寒冷。"武松道:"感谢嫂嫂忧念。"入得门来,把毡笠儿——像一个斗笠一样的大帽子，武侠小说里看过那种大帽子——除将下来。那妇人双手去接，武松道："不劳嫂嫂生受。"就不要嫂嫂做事，自把雪来拂了，来挂在壁上，就把那顶帽子挂在壁上，解了腰里的缠袋——有一个包包是系在腰上的——然后脱了身上鹦哥绿的丝棉绒袄，到房里来挂了。那妇人就说了："奴一早就等叔叔，怎么都不回来吃早饭呀？"叔叔说："我有些朋友在外面缠住了我，我不奈烦，所以回来了。"

当潘金莲冷冷清清立在帘儿下等着的时候，我们可以看见，武松回来了，潘金莲给他打帘子，笑着，赔着笑脸，说着叔叔你冷吗；叔叔回来的时候，把那个帽子，雪帽拿下来的时候，那妇人双手去接，武松道"不劳嫂嫂生受"，我不要你侍候，自把雪来拂了，挂在壁上，自己解了腰里的缠袋，把身上那件鹦哥绿的丝棉袄到房里去挂了。那妇人一直是迎接他，迎接他，迎接他；武松一直是抗拒她，抗拒她，抗拒她。

直到妇人说"你怎么不回来吃早饭"，这个时候我们知道武松到县里头去画卯，可能是早上五点钟，回来吃早饭可能是八九点钟的时候。妇人就说了——欸，武松进到房间里去了，那个妇人也跟进去了。

武松到了房间里就脱了他的油靴，油靴可能就是雪靴，换了一双袜子，穿了暖鞋。这时候道具来了，他搬了一个凳子，要坐在哪里呢，就近火边去坐了。那妇人向前说："叔叔向火。"就是叔叔你靠着火坐吧。等武松坐下来的时候,潘金莲就走到前门去,把前门上了栓,后门也关了。大白天的跟叔叔两个人,就把门前后都关了。我们不要忘记它,因为后来又出现了这个情形。

于是,潘金莲就搬了一些酒食果品,跑到武松的房里来,摆在桌子上。你看武松的房里有几个简单的家具——一个床,两个凳子,一个桌子,一个火炉。她就把它摆在桌上了。武松这时就问:"哥哥哪里去没有回来呢?"那妇人道:"你哥哥每日出去做买卖呀。我和叔叔自饮三杯。"我跟叔叔就吃喝吧。武松道:"一发等哥哥来家里再吃吧。"那妇人道:"哪里等的他来。等他不得。"不等了,这个时候不能等了,不能等了。

这个潘金莲行动很快的,她说"等他不得"的时候,说犹未了,早暖了一注子酒来。武松道:"嫂嫂坐地,等武二去烫酒。"耶,这个武松他也不等他的哥哥了?他也看到他嫂嫂前后门关了,问了一声哥哥,嫂嫂说"等他不得",他就说"嫂嫂你坐着吧,让武二去烫酒"。那个妇人就说:"叔叔,你自便。"那妇人也搬一个凳子过来到火边来坐了,两个人就坐得很近了,火头边儿就摆着盘呀、杯呀。

那妇人拿起一盏酒来,举在手里,看着武松。我们要注意当时是什么样的气氛,天下大雪,前门关了,后门关了,屋里有一个火,两个人坐在很近的两把椅子上,还有酒在,还有菜在,非常中国式的浪漫。

拿了那个酒，潘金莲就举在手里看着武松道——五看，又看了，那个人哪，眉目传情的时候，是比什么都厉害的，眼睛是灵魂之窗。这时候又看着武松就说了，说什么呢？说："叔叔，满饮此杯。"你喝吧。武松不是自己倒的，是嫂嫂替他倒的，嫂嫂举在手里，说："叔叔，满饮此杯。"武松接过手来，从嫂嫂的手里接过来，一饮而尽。欸，奇怪，武松怎么就这么喝下去了？我们看看下面，那妇人又筛一杯酒来说道："天色寒冷，叔叔饮个成双杯儿。"她又替他倒了一杯酒，还放在自己的手里。这时候，武松道："嫂嫂自便。"就是说嫂嫂您自便吧，又接来一饮而尽。

两杯酒从嫂嫂的手里接过来，我们知道古时候是男女授受不亲的，从嫂嫂手里接了两杯过来的时候，除非武松是很当心地接，不然一定会碰到金莲的手指，多多少少有一点肉体上的接触。接过来第二杯的时候，嫂嫂已经说出了是"饮个成双杯"来，武松接过来又一饮而尽，很干脆地喝掉。武松武松，在这个时候，你如何还不走？你打老虎的时候那么精明，反应那么快，你对一个女人难道就这么不懂事吗？这时候的武松，你说他不懂事，我看他不是不懂事。

武松又倒了一杯酒，武松倒的，递给那妇人吃。妇人接过酒来吃了，却拿注子，就是酒壶，再斟酒来放在武松面前。我们看这个情景啊，两杯酒是从这个女人的手里过去的，一杯酒是这个武松给潘金莲吃的，这个潘金莲又倒了杯酒给武松，大家和和气气，两个人在那里开始调情了。

我们知道，潘金莲穿的衣服并不是满人的衣服，潘金莲穿的衣服是宋朝那种对襟开的衣服。这个时候，妇人将酥胸微露，她的胸啊，衣襟稍稍一拉就开了嘛，头发披下来盖住了半边的脸。头发也已经披下来了，衣服也半拉开了。脸上堆着笑容——又笑——就要说了，她说什么呢？她说风话了，风话就是"风月之话"。她说道："叔叔，我听得一个闲人说道，叔叔在县前东街上养着一个唱的。有没有这回事呢？敢端的有这话么？"她就问他了，有一个唱的，叔叔养着一个唱的女人。这个话她明明是白说的，因为没有人讲这个话，是金莲自己捏造出来的。武松就说了："嫂嫂休听外人胡说，武二从不是这等人。"那个妇人就说："我不信。"她不相信，然后她又说了："只怕叔叔口头不似心头。"武松就气了，说："嫂嫂不信的时候，只问哥哥好了。"那妇人道："他晓的甚么！他晓的这等事，就不卖炊饼了。"哪等事呢？风月之事。

她讲完这个话，就不再去讲这个女人的事情了，又倒了一杯酒说："叔叔，且请一杯。"连连筛了三四杯酒饮了。那妇人也有三杯落肚。

我算了一下，他们喝了七杯到八杯了。酒也喝进去之后呢，那个妇人也喝了酒，她就春心荡漾起来了，哪里按捺得住，只管把闲话来说。武松也知了四五分，自家只把头来低了。

武松在这个地方知了四五分，那么可见前面他已经知了一二三分。这一二三分的时候,武松在干什么?武松在从他嫂嫂手里接过杯子来喝酒。接来接去,一二三分的时候,武松并没有要逃走,可见在这个时候,他嫂嫂对他的调情,在一二三分的时候他是完全地接受。书里面写得明明白白,武松今天出现,再要赖也赖不掉。已经知道了四五分的时候,他只把头来低了。

一个好武松,我们说武松这个人,大虫老虎都打得死的人,四五分的时候你还不走,那个门又不是说什么了不起的东西,你开了就可以走,他不走。

这个时候呢,酒喝完了。那妇人起身去烫酒,一壶酒喝完了,武松自在房里,拿起火钳来拨火。那妇人暖了一注子酒来。

好,我们想一想,一壶酒要把它暖滚的话,如果不是在火上面烧,就是烫,像我们烫绍兴酒那样烫的话,起码要三分钟才烫得热。而且,因为是一个大雪天,你总不能说烫冷酒来吧。我算了一下,烫一壶酒的话,起码三分钟。这三分钟之内呢,武松可以做出惊天动地的事情来,例如说,推开椅子,拿起自己的雪帽来,穿上自己的外套,开门,"欻"走掉。他可以,但是呢,他不这么做。他拿起一个火钳来,在那拨火,代表了武松他有了心思,但是他还是不走。三分钟在那拨火、拨火、拨火,他心里在想什么呢?这不就很奇怪啊,你怎么不走呢?

好,直到他的嫂嫂手里又拿着一个酒注子出来了,拿了酒壶出来了。走到武松的身边的时候,这个潘金莲一只手便去武松的肩膀上只一捏——女人捏他肩膀了，捏了以后就说道："叔叔只穿这些衣裳，不冷？"武松被潘金莲一捏的时候，已经有了六七分不快意，也不理她，就不理她，他还是不走。那妇人见他不应，劈手就来抢火钳，口里说道："叔叔不会拨火，我与叔叔拨火。只要拨得像火盆那么烫就好了。"话中有话，她要撩拨他了。武松这时已有八九分焦躁，只不做声。

"焦躁"这两个字，我们有两种解释，一种就是他已经烦得不得了了，在那里愤怒，这是一种解释。另外一种解释是什么？当你受到一种情欲的挑逗的时候，你会口渴。这时候，我不敢下断语武松是怎么样的，可是起码一分两分三分四分五分六分七分八分九分的时候，他还不走，只不做声。我认为，武松在这个时候，受到了情欲的挑逗。故事谁都可以说，我们这个时候不讲。

这是一个紧要关头了，那妇人欲心似火，不看武松焦躁，便放了火钳，却筛一盏酒来自己吃了一口，剩下大半杯。潘金莲是个真正懂得风月的女子，看她那个调情的样子，我对她也是心悦诚服。我们在这里不从道德价值的观念来说，这个武大是切切配不上潘金莲的。

在这个地方你看，那个酒她喝了一口，剩了大半杯的时候，举起那个酒来，看着武松。我们要注意，潘金莲是叔叔、叔叔、叔叔叫个不停的人，在这个紧要关头，四下无人，那个火呢，被潘金莲也拨得更旺了。这个时候，拿起那杯酒来，看着武松——

八看武松——看着武松道:"你若有心,吃了我这半杯残酒。"这时候,潘金莲不认叔叔了,跟叔叔不能上床,她要叫他的时候,叫他"你"。"你"字来的时候,三十九声"叔叔"从此消失。

武松被她叫到"你"的时候,已经被逼得没有办法,劈手夺来那个酒杯就泼在地上,就说——这时候他叫潘金莲什么——他说:"嫂嫂,你不要这样地不识羞耻。"只把手来一推,差点把那妇人一跤推到地上。武松就睁起眼睛来道:"武二是个顶天立地、噙齿戴发男子汉,不是那等败坏风俗、没有人伦的猪狗!嫂嫂休要这般不识廉耻,倘有些风吹草动,武二眼里认的是嫂嫂,拳头却不认的是嫂嫂。"

你看,武二在推开金莲的时候——他从认识金莲到这个情况之下,他口里猛喊"嫂嫂",他一直喊嫂嫂,骂的时候也是嫂嫂、嫂嫂、嫂嫂、嫂嫂。他为何推开这个女人的时候,他并没有说别的,他只说了一个人伦的问题。可见在这个地方,实在是一种人伦道德的约束,使他对于这个女人根本就不能去爱,更不可能发生其他的奸情,因为他是他哥哥的老婆。

这一段他们的调情,直到武松这一拳把她打出去的时候——在这之前,我小时候就看,武松到底是怎么样?武松如果这一拳打掉了嫂嫂,是个真英雄,打不掉嫂嫂的话,打了大老虎也没用——这个时候,打掉了她的时候,潘金莲的脸涨得绛红色,都紫掉了,因为她也受了很大的一种窘迫。她就说:"我自己跟你玩的,你何必这么认真呢!"就哭着走掉了,把盘子什么通通收了就跑到楼上去了。

在那个时候,武松并没有走。我也觉得很奇怪,这本书里,武松已经跟嫂嫂吵翻了,为什么还不走呢?他也气愤愤地坐在自己的房子里。

这时候武大回来了。武大回来的时候,金莲就慌忙去开门——原来门还没开呢,就慌忙去开门。开门的时候,看见她眼睛哭得红红的,武大就说:"你怎么了?"她就跟她先生告状了,她说:"你看你这个没用的,教外人来欺负我。"他说:"什么人欺负你?"她说:"你不在家的时候呢,叔叔,我好意要跟他做酒,"跟他弄了一些酒菜,"他倒拿言语来调戏我。"武大就说:"我兄弟不是这等人。"也不理她,他非常了解他的弟弟,他弟弟不是这种人。

武大一点也没生气,跑到武松的房里来,跟武松说:"兄弟,我陪你吃点点心吧。"武二不理他。他哥哥回来了,武二起来了,戴了雪帽,换了鞋子,穿了棉袄,一句话都不讲,就开始走。武大就说:"弟弟你怎么就走了呢?你到底是怎么回事?"他不理他,就走了。

到了当天的晚上,武松带一个士兵来了,就说要搬出去。搬出去的时候,潘金莲眼看是没有希望了,就说:"叫他滚好了——"我们这个时候就用现代语来说:"让他滚好了,这种人住在家里的话，我还有命吗？让他出去。"武大说："让他出去邻居要笑话的呀。"潘金莲说："你让他走。"武大怕她怕得要死，武二来，也不说一句话，挑了他的行李就走。

自此武松搬了去县门，就是去县府里面、衙门里头住了。武大依旧每日上街挑卖炊饼，本待要去县里找兄弟说话，却被潘金莲这婆娘千叮万嘱说不可以去找弟弟，因此武大不敢去找武松，就这么兄弟两个同住在一个县里面，没有联络了。

时间就慢慢这样地过去，岁月如流，不觉雪晴，过了十数日。却说那个阳谷县的县官是个贪官污吏，做了两年半的县官之后，贪了一些金银财宝，不放心放在自己的县里。他要一个心腹之人，而且会本事的，将这些金银财宝送到京城里面他的亲戚地方去收藏。当然这位阳谷县的知县一想就想到一个好武功的武松，就说："我要让你去出差，你把我的东西送到京城里去好不好？"既然是长官的命令，武松也没有办法抗拒他，而且他也答应了要去走一趟。

武松接了这个命令，押了一些金银财宝，走的时候自然想到了他的哥哥。他跟他哥哥为了嫂嫂的缘故已经不来往了，可是因为他要出远门了，他又想念他的哥哥，就跑到紫石街来，坐在武大的家门口的外面，也不进去，就坐在那边。恰好武大卖了炊饼回来，就说："哎，兄弟，你来了怎么不进去呀？"那时候，武松来了，等在门口，他带了一些酒食，他先不进去找嫂嫂，等到哥哥进来的时候，他也跟进门了。

潘金莲以为武松是对她是旧情未了，这个时候就进来了，她就想："莫不是这个家伙思量我了，却又回来？让我慢慢地问他。"那妇人就上楼去，重新化妆过来，换了鲜艳的衣服，来到门前迎接武松。她又跟叔叔和好了，她说："叔叔，你是怎么了？好几日就不上门来了？我心里好心焦呢，就等待着你。我也让你哥哥到县里去找你，总是找不着呀。"那个时候，武松也不太理她。

三个人又到楼上来了，又坐好了。这个时候他们坐法就不同了，武松吩咐哥哥嫂嫂坐在并排，他自己拿了个椅子，打横坐了。就叫士兵放酒菜了，这时候武松请客。士兵放酒菜的时候，他就跟他的哥哥说话了，他说："哥哥呀，我现在要出远门了，我不能看视你了。哥哥一向为人软弱，现在我对你有几句话要说，如果你平日是卖十扇笼炊饼，"大概是一个数目，"从今以后你就做五扇笼的炊饼出去卖，每日迟出早归。你回来之后，归到家里，下了帘子，早早关上门，省了很多口舌是非。"武松就教他的哥哥怎么样做事，又拿了一杯酒就说："嫂嫂，你是个精细的人，不必武松多说了。"

这时候，潘金莲就气得不得了了，说我怎么不是，我做了什么事情呢，你要这样讲我呢？就跟武松吵了一架，我们这个地方姑且就把它带过了。潘金莲就说："自从我嫁了你哥哥之后，家里连个蚂蚁都进不来，我是拳头上立得人，胳膊上走得马的响叮当的女子。自从我嫁了你哥哥之后，有什么事情值得你这样说我呢？"武松就阴阴险险地笑着说："如果嫂嫂你是这样说的话，当然是最好，只希望你却不要心头不似口头。如果嫂嫂你都记得我武二跟你讲的话，请你喝这一杯酒。"潘金莲不跟他喝酒，把酒一泼，推开了，跑到楼下去，走到半楼梯上就骂起来了，说："你不知道长嫂如母吗？"嘿嘿，奇怪，在这个时候变成长嫂如母了，一向不是这个样子的。她就在那里噼里啪啦地骂他们兄弟两个，他们兄弟两个也不管。

武松就拜辞了他的哥哥，在门口，要上道去了，早早就要去了。这个时候，武大因为兄弟要走了，他就跟他的兄弟说了——武大是个很善良的人，而且很懦弱——他就说："兄弟早早回来，和你相见。"口里说着，不觉眼中垂下泪来，武大哭了。武松见武大眼中垂泪，便说："哥哥便不做得买卖也罢，只在家里坐地，盘缠兄弟自送来。"他说，我养你吧，哥哥。你也不要去做买卖了，既然这么苦，我走了，你就哭了，我就给你送钱来吧。这样说了之后，他又叮咛了他一句说："大哥，我跟你讲的话你可别忘了。"讲完这个话，武松就押了这些金银财宝到京里去。他暂时就不见了。

武大郎自从听了武松的话之后回去，足足吃了潘金莲三五日好骂，噼里啪啦，骂他坏东西，骂他，打他，什么都来。武大呢，就是不理，就给她骂，忍着给她骂。骂了之后，就是听他兄弟的话,每天晚出早归,十扇笼的炊饼现在做五扇了。回来之后,大白天里,把帘子收下来,把大门也关了,后门也关了,就坐在潘金莲的对面,就这么守着她,什么事都不做。炊饼生意好不好,钱赚不赚,他不管,他听他弟弟的话,就坐在这个对面看着他的老婆。

这个老婆给他看得——我想家也不是很大——看得她烦死了,说你这个人怎么这个样子呢?你看得我烦不烦呢?你每天坐在这里干什么呢?武大不理她。潘金莲就说:"大白天的把门关起来,我家是禁鬼啊?"禁是禁止的禁,禁止通行的禁。"我家是逃鬼呀,干什么呢?"武大就说:"随你怎么骂,我兄弟的话是金子语言,别人怎么骂我不管,我就把这个门给它关起来。"

自从武松去了十数日,武大每日只是晏出早归,归到家里,便关了门。那妇人和他闹了几场,后来闹惯了就不以为是。潘金莲也闹够了,她觉得说,也闹不过,她就不闹了。下面一句话很重要。自此这妇人约莫到武大归时,先自去收了帘儿,关上大门。武大见了心里也欢喜,就想:"这妇人,好像她也变好了。"潘金莲是没有存心说到街上去勾引男人的,她也惯了。

好,在这个时候——《水浒传》里面,每当情节变化的时候,气候一定改变的,就像我们说的。这个时候呢,我们看看是怎么样的气候?又过了三二日,冬已将残,天色回阳微暖。春天快来了。当日武大将次归来,快要回来了,那妇人惯了——这句话又来了,妇人根本没有存心要到外面去找人,我们再给她证实一次。妇人惯了,自向门前来叉那帘子,把那个帘子要收下来。也是合当有事,恰好一个人从帘子边走过。这时候金莲是想把帘子收了,把门关上,她先生快回来了,要把门关了。恰好有个人从帘子边走来。自古道:没巧不成书。话说这妇人手里正拿着叉竿,拿不牢,一失手滑倒去,不巧呢,不端不正正好打在那个路人的头巾上。西门庆出场。

在这个时候,我们就可以看到,潘金莲对于武松是存心挑逗的;对于武大,她实在是心已死,太不爱他了,不但不爱他,看了他就要生气,但也就跟住了武大。那个叔叔她挑拨他不成,丈夫呢,每天回来把她关在房子里,她也算了。今天呢,西门庆是她后来的情夫,这个情夫的出场,是潘金莲一个不小心用这个棍子把他打来的。

今天我们的话题,当然不是盯住潘金莲和西门庆来说,后来这一段我们就简单地把它照着《水浒传》,不照着《金瓶梅》的说法讲,因为这两本书里面,潘金莲和西门庆如何度过他们的生活是不一样的。

照着《水浒传》的说法就是,后来王婆被西门庆的金银所引诱,王婆就来请潘金莲到她家里去做衣服,西门庆又来跟王婆喝酒,就假装认识了潘金莲,两个人就这么爱来爱去。当然那个时候武大每天卖炊饼根本就不晓得,他回来的时候,他太太总是在家,脸红红的。因为太太从后门出去偷人,偷得很好,偷了西门庆,他们就在王婆家那里做他们的好事。回来的时候,吃了酒,脸红红的,武大也不太了解。可是街坊邻居事实上通通知道了,只有武大最迟。哎呀,这个人头脑很简单,他不晓得他太太已经红杏出墙了,因为他回来的时候看见太太都是在的嘛。

在这种情形之下,潘金莲和西门庆的情感呢——我觉得他们还是有情感的——进行得很快。进行得快到这个地步——他们两个人就商量了,说:"我们这样到底是要做长夫妻,还是做短夫妻?如果说我们要做的是长夫妻的话,这样日日偷情也不是办法。我们要做短夫妻的话呢,心里不情愿总是匆匆相聚,我们就要走。"潘金莲是千肯万肯愿意嫁给西门庆,西门庆当然也有他迷惑女人的一套本事。在这种时候,王婆、潘金莲和西门庆,他们就想了一个方法。

武大他是不会放弃他的老婆的,西门庆要把潘金莲正正式式地娶回去也没有这个办法。到底在那个时候的社会也还是一个很保守、很封闭的社会,他们只想了一个办法,就是只有把武大给毒死。

西门庆是干什么的呢?西门庆是开药铺的,药铺里面当然有毒药,就是砒霜。于是,西门庆拿了砒霜来交给王婆,王婆就教潘金莲怎么样去毒死她的丈夫。

在这个之前，武大已经——因为街上有个小伙子跟他说："我告诉你，你太太红杏出墙，你去抓她。"这个武大也不等他弟弟回来，就去捉奸。捉奸的时候，西门庆这一脚把他一踢呀，武大就胸口痛了。正好痛了，就躺在床上。

这时候，潘金莲就把那个药里面混着砒霜，在三更半夜的时候，把武大叫起来。潘金莲就对武大说："我现在给你弄了一些药来，这个药是治你的心痛病的，你好好喝下去，你的病就会好。"武大也就感激他的太太说："如果你好好看视我的话，我就跟你也不计较了。"我也不跟你计较，这时候他已经知道他太太偷人了，他也不计较了。

潘金莲就硬把武大搬起来，把带着砒霜的这个药就往武大的口里灌下去。武大被灌药的时候，觉得这个药很苦，就说："娘子，这个药好苦呀！"潘金莲就跟他说："你吃了这个药就会好。"武大吃了这个药之后——我想砒霜吃下去的时候是不得了的一种翻腾挣扎，就要叫，潘金莲就拿一个棉被把他整个盖住，压在他的身上。武大就毒发了，在那个棉被底下挣扎之下就这么死去了。

后来为何武松杀嫂，和武大被潘金莲在三更半夜里毒死有很大的关系。在这里，武松还没有回来，我们下一段就要说武松如何杀嫂了。

我们就暂时停住，欲知后事，且听下卷分解。

三毛说书

武松、潘金莲、孙二娘（下）

却说武松自从领了知县言语，监送车仗到京都亲戚处，投下了来书，交割了箱笼。他把他送的东西都拿去了，在街上闲玩了几日，因为他没有去过京里。他到街上闲玩了几日之后，讨了回书，就是向知县的亲戚讨了收据，领着一行人取路回阳谷县来，前后来往恰好过了两个月。

去时残冬天气，回来三月出头，春天要来了。在路上的时候，武松只觉得神思不安，身心恍惚，急着赶回来要见哥哥。所以说，兄弟之间感情好，他们兄弟之间连心的，他哥哥死了，他不知道，但是觉得心里茫茫然的，有一种不放心，他就赶着要回来见他哥哥了。

那么有公务在身，他回去的时候，就先去县里交纳了回书给知县，把收据给了知县。知县见了大喜。看罢回书，已知金银宝物交得明白，赏了武松一锭大银子，酒食管待不必话说了，就是这个样子对待他。武松喝了酒，领了赏之后，回到他住的地方来，换了衣服——因为他是风尘仆仆地回来了，换了一套干净的衣服、鞋袜，戴上个新头巾，锁上房门。可见在那个时候，他虽然是心情有一点恍惚，觉得有一点不对，急着要来看哥哥，但人到了阳谷县的时候，他比较放心了，他的事情也交了差，所以心情也是蛮好的，穿了新衣、新鞋，戴了新头巾，就一径投紫石街来。

两边邻居看见武松回来了都吃了一惊，大家捏了两把汗。为何？这时武大已经死了，就像我们上一卷说的，已经死了。邻居就暗暗地说："不得了，这番萧墙祸起了！这个太岁归来，怎肯干休？必然弄出事来！"

且说武松到门前掀起帘子——你看又来个帘子——探身入来。欸，一进门，见到了灵床子——灵位。看到灵位，又看到写着"亡夫武大郎之位"七个字。武松为何在这个时候看了"亡夫武大郎之位"，下面连着七个字，可见第一遍看到那个灵位的时候，他不相信。他第二遍看的时候，他还是不相信他的眼睛。第三遍再看的时候，直到他看出这是七个字，这七个字是不能更改的"亡夫武大郎之位"的时候，他已经受到了很大的惊吓，呆了，呆了。他眼睛闭了一下，再睁开双眼道："莫不是我眼花了？怎么会是我哥哥的灵位呢？去的时候哥哥是活的，回来怎么已经是哥哥的灵床子在那呢？"就叫声："嫂嫂，武二归来！"

那西门庆正和这婆娘在楼上取乐，听得武松叫一声，惊得屁滚尿流，一直就往后门，从王婆家逃走了。那妇人听到叔叔回来也慌得不得了了，就马上说："叔叔少坐，奴便来也。"自从武大死了以后，这个婆娘哪里肯在家里带孝呢？她还是胭脂花粉的，西门庆从后门走进来跟她调情。这时候听到武松叫了说"武二归来"，她就慌慌忙忙地到面盆里去把化妆通通洗掉，把头上的花啦、钗环通通扔掉，把头发打得散散的，脱去了红的裙子——你看这个妇人，先生死了，是她自己毒死的，穿着红裙子——穿上孝裙孝衫，才从楼上"咿咿呜呜"地假哭下来了。

武松这时候就有意思了，武松看到嫂嫂，如果他跟嫂嫂是亲的话，是不是这时候两个人就对哭了？武松对嫂嫂很凶，他说什么？他说："嫂嫂休哭。"嫂嫂你可别哭，"且住，休哭！"你别哭，"我哥哥几时死了？得了什么病？"那妇人一头哭，一头说："你哥哥自从你走了之后呢，一下害起心痛来了，病了八九天，求神问卜又吃了药，医治不得就死了。撇得我好苦啊！"就在那里假哭。那个时候武松不哭，就问她："我哥哥而今埋在哪里？怎么没有棺材呢？"她说："我一个妇人家，我能做什么事呢？"我们就想到前面，她跟武松说过"胳膊上跑得了马，拳头上立得了人"哪，现在她就说了，"我这个妇人家我能做什么呢？如果不是隔壁王婆帮我忙的话，你哥哥死了，这个后事我还不知道怎么做呢！我这个妇人哪里会去找一个坟地呢？所以就送到化人场去把他给化了。"化人场就是火葬场，就把他去给化掉了，那么就是没有证据了。好，武松就说了："哥哥死了几日了？"妇人说："再过两日便是断七。"断七就是七七四十九天了，已经断七了。

武松沉吟了半晌——他很有城府，哥哥死了，沉吟了半晌——就出门去了。到县里面，你看他回到他住的宿舍的时候，他开了锁，慢吞吞地进房门，换了一身素白的衣服，叫士兵拿来一个麻绳系在腰上——他穿孝服了——拿了一把尖刀藏在身上，取了一些银两。叫士兵锁上了门，去县里面又买了些纸钱、酒和水果，又回到嫂嫂家来。

到她家来敲门——那个嫂嫂门是关的——说："嫂嫂开门。"开了门，他就把这些果食叫士兵到厨下去预备好，就是做羹饭，给他哥哥的灵魂。然后安排得端正的时候，武松就对着这个灵床子拜下来了，说道："哥哥阴魂不远！你在世时软弱，今日死后不见分明。如果你有什么冤屈的话，你一定要托梦给我，兄弟我好替你报仇。"说着说着，就把酒洒了，洒给他哥哥吃，然后开始烧纸钱，这时方才放声大哭，哭得两边邻居无不凄惶。他那个哭声是风声鹤唳，英雄之泪，哗哗大哭啊！哭得邻居都吓死了。那妇人也在里面假哭。

武松哭罢——武松是英雄好汉，伤心的时候大哭，哭完他不哭了——叫士兵把羹饭拿去吃了，讨了两条席子来。那天晚上，他叫士兵睡在门外，自己就睡在他哥哥的灵床子的旁边——你看连棺材都没有，睡在灵床子的旁边，灵位的旁边。

约莫到了三更时候，武松翻来覆去地睡不着，他是没有父亲、没有母亲的人，只有这一个亲哥哥，哥哥突然死了，当然那个晚上他翻来覆去睡不着。他看看躺着陪着的士兵，那个士兵睡得像死人一般了。武松爬将起来，他看到那个灵位前面的琉璃灯半明半灭，侧耳一听那打更的人正打三更三点。武松叹了一口气，坐在席子上自言自语，说："哥哥，哥哥，你生时软弱，"他又说同样的话，"死后却有甚分明！"你怎么还没有什么表示呢？

说犹未了，只见灵床下面卷起一阵冷气来，这个冷气盘旋着，昏暗得把灯都遮黑了，地上的纸钱乱飞。那阵冷气逼得武松毛发竖立，定睛看时，只见个人从灵位下面钻将出来，叫声："兄弟，我死得好苦。"武松看不仔细，却待要向前来再看时，冷气没有了，人也不见了。

这时候他一跤坐起来，在席子上坐着，想说："这莫非是梦吧？"再看那个士兵呢，士兵还是睡着。武松就说了："哥哥的死必然有什么不明白的地方。刚才正要来告诉我呢，却被我的神气冲散了他的魂魄。"因为武松这个人太强壮了，那个魂魄来不得。他就放在心里也不跟他嫂嫂说，等到天亮的时候他要采取行动了。

天亮之后——武松当夜已经见到他哥哥的鬼魂了,来跟他哭道"我死得好苦"。天亮之后,他就去街上,去问人家了:"我哥哥怎么死的?怎么样?"在中国,人死的时候,如果死在家里也是要有人来验尸的,倒不是这么简单地就把你放出去葬了,或是火化去了。他就去问人家了,走的时候他又问了一遍那个妇人,他说:"我哥哥怎么死的?"那个妇人说:"我昨天晚上不是跟你说过了吗?他是害心痛死的。""你还是说害心痛死的!"潘金莲说:"就是害心痛死的。"

武松不理会她了,就跑去找了那个验尸的人。那个验尸的人是团头何九叔。验尸的人在验武大尸体的时候,他当然有了怀疑,因为砒霜毒死的人全身发紫,化人场去烧,烧出的骨头是黑色的。何九叔他在验尸的时候,已经防到武松会回来,他偷偷地拿了一块武大的骨头,已经是乌黑色的骨头,藏在身边。西门庆也不跟何九叔说什么话,就悄悄地给了他十两银子,何九叔也就拿了,但是他都没有花掉,就放在那个地方。

等到武松去找他的时候,何九叔就慌忙跟着武松出来,到了一家酒店。一坐下的时候,武松一把刀子"欻"一下拔出来往桌子上一插,说:"你跟我讲实话。"何九叔吓得不得了,就把乌黑的骨头拿出来了,把西门庆给他的银子也拿出来,把所有他怀疑的事情都讲给武松听了。

武松听了之后,又找到街上一个郓哥儿,就是带着武大去捉奸的那个小伙子。那个小伙子就原原本本告诉武松了,你嫂嫂怎么偷人,西门庆怎么来,怎么样,怎么样。

好,武松就把这一个何九叔,一个郓哥儿,两个人一拉,拉到知县那里去。可见当时,这件事情他要官了,他并不要私了。他带到知县那里去,他说"告"——他来告了。知县对于武松当然是疼爱的,可是他更爱金银财宝。西门庆料到他会去告,早就给了知县很多的银两,已经答应他了。所以武松去告官的时候,知县就说,圣人说你眼睛看到的事情还未必是真的呢,更何况你现在的事情都是道听途说。你一个何九叔,一个十两的银子,一块乌黑的骨头,有什么证据呢?证据不全,但凡人命之事,需要尸体,需要伤痕,如果是病的话,有病症,需要对象还需要"踪",就是踪迹。书上怎么讲?就是"尸、伤、病、物、踪",这五件事情完全周全了你才可以来告。武松一看这个县官是不帮他的了,他也不激动,他说:"既然相公不准所告,我自己却有理会。"他走了,他走掉了。

这个时候,他到哪里去了呢?刀子在他身上,他就叫了两三个士兵,因为武松是都头——都头,我查了一下,就是现在的警察局长的意思——他就叫了几个士兵跟着他,到县里去买了砚台,买了毛笔,买了三五张纸,藏在身边。叫了两个士兵抬了一个猪头、一只鹅、一只鸡、一担酒和一些果品之类,安排到家里来了,到他嫂嫂家里来了。

那个妇人当时已经知道武松告状没告准，所以她的态度就有一点大剌剌的了，她也不哭了。武松来祭他哥哥的时候，就叫了："嫂嫂下来，有句话说。"那婆娘慢吞吞地下楼来，问道："有甚么话说？"武松说："明日是亡兄断七，你前日烦恼了众家邻居街坊，"就是你麻烦了邻居街坊，"今天我要为嫂嫂谢谢这些邻居。"那个妇人大剌剌地说："谢他们又怎地？"武松说："礼不可缺。"就叫士兵去灵位前面明晃晃地点起两支蜡烛来，焚起一炉香，烧了纸钱，烧下去，把祭物端到灵前摆了。又把那些酒食也放在一个桌子上，叫一个士兵去烫酒，两个士兵安排桌椅，前门和后门，武松已经叫士兵把守到了。

武松先跑到隔壁茶坊间去，把王婆请来喝酒，那王婆就说："不要客气了，我不来。"武松就说："哎呀，干娘，"他还叫她干娘呢，"我们烦恼了你了干娘，"就是赚她来，把王婆骗来，"我们麻烦了你，请你来吃点酒菜。"那婆子就收拾了一下门，从后门走过来。这个王婆从来不走正门的，她走后门过来的。武松就说："嫂嫂坐地。"嫂嫂你坐着，"干娘坐在对面。"那个婆子也知道西门庆回话了，就放心吃酒，两个女人在那吃酒，说看你怎么办。她们没想到武松还有办法呢，说看你怎么办。王婆也不怕，两个人吃酒。

好，王婆来了，嫂嫂也被关在屋子里了。武松就跑到下面的一个邻居，是开银子铺的，他就说："请你来喝酒。"这个开银子铺的叫姚二郎，这个人一看到武松要请他喝酒，就怕："小——人忙——小人忙得很，不劳都头生受。"哎哟，我不来。那武松一把拖来，说："一杯淡酒，"我非要谢你不可，"又不长久。"又喝不久的，你过来好了。就抓来了这个开银铺的，根本是被武松抓来的。

他又到对门两家去了，一家是开纸马铺的。开纸马铺的是什么呢？就是扎了那些花花绿绿的丫鬟啦、房子啦去烧给死人的店。这就叫纸马铺。纸马铺的赵四郎一看武松来了，这个太岁爷来了，吓得要命，就说："小人买卖撇不得呀，不能侍奉你。"武松就一把抓来说："众位高邻都在这里。"就把他扯到家里来了，他是"不不不不，不来呀"，那就扯来了。

好，扯了一个开酒店的，扯了一个开纸马铺的，又到对面街上有个卖冷酒店的，那个人叫胡正卿。胡正卿看他来了，哪里肯来，武松不管，拖了，就把他那个衣服拖了，就拖到家里来。

坐下来了，又问道："王婆，你隔壁家是谁？"潘金莲隔壁是王婆，王婆隔壁家是谁？那个王婆就说了："他家是卖馉饳儿的。"馉饳儿是什么东西呢？馉饳儿据我们现在《辞海》里面的解释是馄饨，但是据另外一本比较冷门的书《东京梦华录》里面，馉饳儿是什么东西？它写的说是便菜、便饭，加配料，馉饳儿。总而言之，它是一种小食店。

我们看一看武松抓来了四家邻居，加王婆，加他嫂嫂潘金莲，六个人，就把那个大门关了，他也不再叫别人了。这四个人围绕着王婆和潘金莲坐着。第一个开冷酒店铺的代表了酒，开纸马铺的代表了色，开银楼的代表了财，开馉饳儿小食店的代表了气，所以围绕着王婆和潘金莲所居住的人，就是这两个人一生所追求的东西——酒、色、财、气。在这个时候，武松拿条椅子搬了坐在横头，这六个人就坐在下面。

这时候，武松便叫士兵把前门上了闩，后门也关了。我们不得不联想到，当年潘金莲和武松在大雪天点着一个炉子在那喝酒的时候是同样的情形。真是人生如戏，当时是一场挑逗，今天是一场……

我们看看下面是什么东西？这些人就开始喝酒，那些邻居喝酒是喝得怕得要死，手都发抖地喝，喝了三杯酒以后就说："好了，好了，我们很忙，我们要走了。"武松说："去不得，既然你到了此地你就给我坐着。"这个时候武松就开始要逼供了，他两只手就跟那些邻居作了一个揖，说："一干高邻在这里，哪位高邻会写字？"人家说："这位胡正卿字写得很好。"武松就说："那么我就麻烦你，你就开始写字。"说的时候从衣服底下"刷"一下拿出一把刀来，这个刀就对着这些高邻，说："众位高邻在此，小人冤有头，债有主，只要各位做一个见证人。"

这时候武松左手就拿住嫂嫂，右手这把刀指定王婆，四家邻舍怔得目瞪口呆，不知所措，面面相觑，不敢做声。武松就说：

"各位高邻不必吃惊,武松虽然是个鲁莽汉子,便死也不怕,还晓得,"又来一句,"有冤报冤,有仇报仇,并不会伤害各位,只要你们做一个见证。如果现在有哪位先走的话,你先吃了我五七刀再去!武松就偿命于你。"那些邻居哪里敢讲呢。

这个时候,武松就对着王婆叫道:"妈的老猪狗,你听着,我哥哥的性命都在你身上,慢慢地去问你。"回过脸来,看着妇人骂着:"你那淫妇听着!你把我哥哥的性命怎地谋害了?从实招来,我便饶你!"哎哟,他还要饶她呢。那妇人道:"叔叔,你好没道理!你哥哥是心痛死的,你怎么怪了我呢?"这个时候武松就把那个妇人——妇人还在那边辩啦,辩的时候,武松就用左手揪住那妇人的头发,右手劈胸提住,把桌子一脚踢倒,隔着桌子把这妇人轻轻提将过来,一跤翻倒在灵位的前面——灵床子的前面,两脚踩住,踩住妇人。那时候潘金莲是在地上的。右手拿起刀来指定王婆道:"老猪狗,你从实说!"那婆子要脱身,脱身不得,就说:"都头,你不要发怒,老身就说了。"

这个时候武松叫士兵拿过笔砚来给那个胡正卿,说:"她说一句,你记一句。"那个胡正卿的胳膊发抖呀,就说:"是、是、是,小……人便写。"就讨些砚水磨起墨来了。那胡正卿在那里发抖,就说:"王婆,你就实说吧。"婆子就道:"又不干我事,我说什么?"武松道:"老猪狗,我都知道,你哪里去赖!你不说时,我先杀了这个淫妇。"就在潘金莲的脸上"刷刷"两刀这么撇她一下，吓她。那妇人就叫道："叔叔，"她也叫他叔叔了，"你且饶我，放我起来我便说了。"

那时候武松让她起来了，一把抓起来就叫她跪在灵床前面，就叫说："淫妇快说！"那妇人吓得魂灵都没有了，对着刀子，又被他撇了两刀，就说出来了，那天放帘子不小心打到了西门庆，后来王婆怎么样拉线，后来就怎么样有了奸情，后来怎么样武大去捉奸，西门庆就踢了他，怎么样就讨了药，怎么样就把他毒死了。从头到尾都说出来。武松听潘金莲说一句，就叫胡正卿写一句。

王婆听到潘金莲招出来了，她是年纪比较大的，就是说她花招比较多。她一听招出来了，不好！她就叫潘金莲说："咬虫！"就是咬人的虫。"咬虫！你先招了，我如何赖得过？你苦了老身哪。"王婆没办法，也就招了。

这个时候，胡正卿就写了笔录，从头到尾都写了。写了以后，武松拿刀比着，王婆画了押，潘金莲画了押，四家邻居会写字的就写了自己的名字，签名，不会的也画了一个押。

这时候，武松把这个王婆给绑起来了。叫士兵取了一碗酒来，放在灵床子的前面，拖过这妇人来跪在灵前喝道："老狗，你也来跪在灵前。"对王婆，他叫她狗，"你也跪着。"这个时候洒泪道——他哭了，"哥哥灵魂不远，兄弟与你报血仇。"就叫士兵把纸钱点着，点火了。

那妇人见势头不好，却待要叫，被武松劈脑揪过来，两只脚踩住她两只胳膊。这个时候，我们在在地看见，当武松要杀金莲的时候，和那场雪天喝酒的时候的情形，有很多相似的地方。女人的衣服也扯散了，头发也扯散了，当时是自愿扯散，现在是被叔叔扯散。当时她巴不得武松跨在她身上，但现在是被武松踩住要杀她。武松劈头抓来，两只脚踩在她身上的时候，扯开胸脯衣裳，把潘金莲的衣裳一把扯开，看到了他嫂嫂的胸膛。这时候一刀下去，胸前只一剜，然后双手去挖开潘金莲的胸膛，把那个心肝五脏全部割下来，然后咔嚓一刀，割下妇人的头来。当时血流满地，四家邻舍都掩面不敢看。在这里各位莫怕，不要怕，这只是一个故事而已。

我们来分析一下，当武松杀潘金莲的时候，为何杀人要拉衣服？我们知道杀人拉衣服还更费事，因为衣服这个东西没什么阻力的，这不过是一些布料，你杀进去就好了。潘金莲自己在过去，她是千肯万肯地要为武松解衣，武松不答应。今天这个情景是，把她的衣服解开了，是武松一把把它拉下来的。

我有一种奇怪的联想，我认为当年武松虽然把那一杯酒拿来泼在地上，骂了他的嫂嫂说是"不识人伦的猪狗"，事实上呢，他想在嫂嫂胸膛上一把抓下来的欲望，我怀疑在他心里是存在的，但当时因为是嫂嫂，他不能调戏她，所以他抓不下来。但是今天既然要杀嫂，就堂而皇之地把她的衣服一把抓下来，并没有什么过错。这个时候我认为，武松在当年雪夜的时候他的确受到了情欲的挑逗，他潜意识里可能就想抓嫂嫂的胸膛一把，他抓不下去，因为他是一个真英雄。今天终于在杀她的时候，完成了种种他潜意识里要对这个嫂嫂做出来的姿势，在杀人的时候得到了完成。

却说武松杀了这个婆娘潘金莲之后，把她的头割下来，包在一块布里，就跑到街上去找西门庆。西门庆在那跟人喝酒，一下看到武松来了，吓得不得了。武松就把那个头"哗"一下在西门庆面前一丢丢出来。一看是潘金莲的头，那西门庆就要跑，他在二楼，西门庆就跳楼了，从楼上跳下去，因为他也有一点武功。他跳下去的时候脚扭了一下，武松也跟着跳下去，把西门庆的头也割了下来。

我们知道古时候，男人也是有头发的，潘金莲也是有头发的，武松就把这两个人的头发打了一个结。哎呀！死也，死也，终于成了结发夫妻呀，把他们的命去换了一对结发夫妻。从一个角度来看，哈哈，哈哈，我们很高兴；从另外一个角度来看，也是天下可悯之人，我对他们也是有某种程度的同情。

武松把这两个人的头绑了之后，并没有放掉邻居，邻居还是被士兵关在那里呢。那时候武松回到家里去，提着两个人头，就跟这些邻居说："众位高邻，武松还得麻烦各位一下，现在我们一起去官里自首。"于是邻居被士兵押去了，当然那个证书也去了，人头也去了。

到了官里，见到县官，县官一看，哎哟，西门庆也死了，即使拿过他的钱也不必再有什么交代了，这个时候当然顺水推舟，就替武松脱罪了。因为整个阳谷县对武松都十分爱戴，更何况潘金莲和西门庆这两个人的死，又有了口供。在当时的社会，奸夫淫妇是不被礼教所包容的，至于王婆，被县官判了死刑。对于武松的状子就写得很宽大。他怎么写呢？就写着说："武松去祭拜哥哥，被嫂嫂所阻止，这么推拉了一下就误杀了嫂嫂。至于西门庆呢，他是潘金莲的奸夫。西门庆去维护潘金莲的时候，也是一言不合被武松一不当心把他杀死了。"这么一来，武松的罪当然就减轻了。虽然如此，武松仍然给下到牢里去，被关了起来。

最后县官就审判了，说："既然你武松犯了罪，免不得在额头上刺两行金印。"金印就是有如文身一样的东西。县官说："现在不得已，要将你流配到孟州县去。"一干证人都放了。

这里我们要知道，阳谷县在什么地方？它在现今的山东省。孟州县又在哪里呢？它在河南孟县。我们去看看地图，由山东省要叫武松一路走到河南省的孟州县去。于是武松开始上路了。因为长官爱戴他，所以就给他上了一个枷，这个枷是一个很轻的枷，只有几斤重，对于武松的气力来说根本是小意思，这只是象征性地把他当做一个犯人。

武松要上路的时候——我们不要忘记，武大的家里还有一点点的家具啦，可以变卖，潘金莲也死了，武大也死了，所以武松蛮精细的，就托了他们的邻居把那些家里的东西卖掉，换了一些盘缠。不止如此，因为武松是一个乡邻都很敬爱的人，大家也送了他银两，让他上路了。

武松就离了这个阳谷县一路往孟州府来了。

那两个公人知道武松是个好汉，一路只是小心侍候，也不敢轻慢他。武松见他两个小心，也不和他计较，好在包裹里有的是金银，但过村坊铺店，便买酒买肉，和他两个公人吃。因为公人也是没钱的，就是当兵的，送着他，押着他走，倒是武松给他们吃东西。

我们就闲话少说了。武松自从三月初头的时候杀了人，做了两个月的监牢之后，今日来到孟州路上。气候又变了，正是六月前后，他的命运又要改了。从这里我们可以看到武松后来怎么样走下去。气候变了，正是六月前后，炎炎火日当天，铄石流金之际。热得只得赶早凉而行，清早走，中午就休息。

约莫也走了二十多日，来到一条大路上，三个人到了岭上的时候已经是中午时分了。武松就说:"我们是不是休息一下,赶下岭去买些酒肉吃呢?"那两个公人说道:"也好啊。"三个人就奔过岭来了。

那个时候只一望,看见远远的山坡下,有数间草屋伴着溪边柳树上挑出一个酒帘子来。啊,好活的画面:溪边有一棵柳树,柳树边有茅草屋,茅草屋的上面挑出一个酒帘子来,一块布在风里飘。武松就说:"你看,那里不是有个酒店吗?"

三个人就往岭下奔过来,走到山冈边的时候,看见有个樵夫挑一担柴过去。这时候又是一个伏笔,这个樵夫是谁他也不说。一个樵夫担了一担柴过来了。武松叫道:"汉子,借问这里叫做什么去处?"那个樵夫就说:"这岭是孟州道岭,前面大树林边,便是有名的十字坡。"这个樵夫就回答他了,跟武松有了两句对话。为什么要安排一个樵夫?就跟当年为什么要安排那个茶馆是一样的一种草蛇灰线的写法。好,这个人答了,他就说:"这个大树林边就是有名的十字坡。"

武松自和两个公人一直奔到十字坡边来看。在这个地方,我们如果熟读水浒就知道,"十"这个字在《水浒传》里面常常出现:花和尚鲁智深还没有做和尚的时候叫鲁达,他杀了人,他不识字,人家贴了那个悬拿告示的时候,就是在一个十字路口。人家要悬拿他,他还在那里看,因为他不认识字,这个时候就被人家救了,这是十字路口。宋江要被斩头的时候,又在十字路口,梁山泊的好汉又去救他。今天武松走到一个地方叫做十字坡。因为十字这个东西，你可以朝左走，朝右走，朝前走，朝后走，表示你自己心里的一种交叉，也表示命运是由你自己来选择的，一步就错，可能往左就错了，往右就不错。十字在《水浒传》里面数次出现。

这时候他奔下了十字坡就朝着酒店去了。到十字坡边的时候，看着为头一棵大树四五个人合抱都抱不上它，都是枯藤缠着。武松的眼里看到这些景象，看着看着，那大树边看见一个酒店，酒店的门前，窗边坐着一个妇人。武松看到女人了，你看。露出绿纱衫儿来，穿着薄薄，因为天热，穿绿纱的衣服，头上黄烘烘的，插着一头钗环，头发旁边插着些野花，这是远镜头看女人。看到，噢，这个窗下坐着一个女人，穿着绿色的衣服，头上都有颜色。武松此时看女人，看到的就是颜色、颜色，又颜色，并不如当时看嫂嫂的时候只教"推金山，倒玉柱，纳头便拜"，他完全没有看到嫂嫂的颜色。这时候武松眼里出来了颜色，为何？因为这位女子并不是他的嫂嫂。见到这些之后，武松同两个公人已经慢慢地走走走，走到门前去了。

那妇人起身来迎接，武松看到她下面——因为她起身来了——武松就看到她下面系着一条鲜红的生绢做的裙子，脸上搽着一脸的胭脂铅粉，敞开胸膛，露出那个桃红色的主腰，里面是肚兜一样的东西，上面一色金纽扣。好，我们又可以看到，刚才武松看这妇人是从远景看，现在看近的时候，甚至于看到她的酥胸微露，更别说她的胭脂花粉了，可见武松并不是一个不会看色的人，他是个会看色的人。

这时候，这个妇人就说了："客官歇了脚去吧，本家有好酒，要点心时，好大馒头。"两个公人和武松入到里面，就坐在椅子上了。那两个公人就把他们的棍哪、杖哪、缠袋啦都放下来了，武松也把他的包裹放下来了。这时候那两个公人就说了："这里又没有人看见，我们担待些利害，就把你这个枷脱掉了吧。"有一个封条是可以撕掉的。"我们把你这个枷脱掉了，也好快活地吃两杯酒。"武松的枷已经脱掉了，就放在桌子底下。这三个人因为天热都把上衣脱掉了，光着赤膊，就把衣服搭在窗边。

只见那妇人笑容可掬道——你们是不是有联想，各位？笑容可掬道："客官，打多少酒？"武松道："不要问多少，只顾烫来。肉便切三五斤来，一发算钱还你。"那妇人道："也有好大馒头。"武松道："也把二三十个来做点心。"好大馒头，古人好大胃口！在这个地方，我小时候开始念《水浒传》，以为馒头就是馒头，事实上，馒头在《水浒传》里是包子。

那妇人笑嘻嘻地进入里面去，拖出一桶酒来，衬出这妇人好大的气力。她拖出一桶酒来，放下三只大碗——这下不是小杯子了，因为江湖好汉来了，用大碗吃酒——又放了三双筷子，切出了两盘肉来。一连筛了四五巡酒——妇人替他们筛酒,又来了,这个情况!又去灶上取出一笼馒头来放在桌上。两个公人拿起来便吃。

武松取一个拍开了,他一拍拍开那个馒头的姿势也是个英雄好汉,他不是掰开来了,他"啪"一拍,拍开来,叫道:"酒家,这馒头是人肉的,是狗肉的?"那妇人笑嘻嘻道:"客官休要取笑。清平世界,荡荡乾坤,哪里有人肉的馒头,狗肉的滋味?我家馒头,积祖是黄牛的。"那武松就说了:"我从来走江湖,总听得人说道:'大树十字坡,客人谁敢那里过?肥的切做馒头馅,瘦的却把去填河。'"因为这个十字坡卖人肉包子是有名的,你在江湖上走的时候你总道听途说,听到一点。那妇人道:"客官哪得这话!这是你自己捏造出来的。"武松就说了:"我见这馒头馅内有几根毛,就像人小便处的毛一般,以此猜忌。"这句话里面讲了一个人的器官,是不可以讲的。武松讲这个话,说是这个包子里面馒头馅里有小便处的毛,可不是我三毛讲的,那是武松讲的,我就把它直着念出来。所以他就有猜忌了,这个时候武松就是存心要调戏那个妇人。武松又说了:"娘子,你丈夫怎地不见呀?"你丈夫不在呀?那妇人说:"我的丈夫外出做客未回。"武松就说了:"你独自一个人却不冷清吗?"

好,在这个地方我们要看到,为何孙二娘跟武松的这一段在《水浒传》里是如此的重要?因为作者他用了几种笔法来写孙二娘和武松，一种叫做穿射法，一种叫斜飞法，一种叫做反扑法。种种的笔法，种种的风言风语都是为着呼应当年金莲调戏——不能说金莲调戏——金莲挑拨武松的时候，武松压在心头说不出的话，全部要在孙二娘的身上发挥得淋淋尽尽。所以在这个时候你看，"你家丈夫怎地不见"，我们马上回想到武大被赶出去卖炊饼。又说了，武松又跟这个孙二娘——现在还没有说她是孙二娘，只说那妇人——武松问她说："你一个人不冷清吗？"我们马上联想到金莲端了那个酒出来，在武松的肩膀上捏了一下说："叔叔，你穿这个衣服这么少，你不冷吗？"这完全是穿射、斜飞、反扑之笔。写得真好。

那妇人被武松这么风言风语地一调戏，她也很沉得住气，因为她不是一个没有见识的人。这两个女人，潘金莲小家碧玉，有她的胆识，大胆包天，直到最后她命也送掉了，金莲败在太有胆识；这个妇人也有她的胆识，江湖女子也。那妇人心里就想说："这贼配军却不是作死，倒来戏弄老娘！正是灯蛾扑火，惹焰烧身。不是我来找你。让我先对付那厮！"让我先来对付你。那妇人就道："客官，休要取笑。再吃几碗，去了后面树下乘凉。"她也不赶他，她又在那个地方逗引武松了，她说，你再吃几杯酒，你吃了酒以后到后面树下去乘凉。

下面的话呢，话中有话。"要歇，便在我家安歇不妨。"你就睡在我家吧，引诱他了，引诱得不得了，说这个风话。武松听了这话，心里也在想了，刚才是那个妇人想，这下武松想，想什么？说："这妇人不怀好意，你看我先来耍耍她！"这个时候，这个女人耍武松，武松耍她。

那武松又道了："大娘子，你家这酒好生淡薄，有什么别的好酒请我们吃几碗呀？"他说她这个酒淡。那妇人就说："有些十分香美的好酒，只是浑些。"这个里面还是有它的联想，我们要想到那个风言风语的风月之事不会是清风明月的，总是浑浑浊浊地来了。她说，只是浑些，我有香美的好酒，只是浑些。武松道："最好，越浑越好。"武松好会逗引人。在这个时候我们可以看到，武松对于潘金莲不是不能，是不为也。"越浑越好"，那妇人心里暗笑，她也笑了，就跑到里面去拖出一旋子酒来。

这个时候，她那副酒里面已经下了蒙汗药了，已经下下去了，她就拖出来了——这个妇人不是像潘金莲拿着酒壶的，她是拖出来的，拖出来的，拖出来的。江湖女子就是好大气力，拖出来的。武松看了就说："这个正是好酒，可是热吃最好。"那妇人就说了："这位客官省得，我来烫给你吃。"于是那妇人又进去烫酒了，这个酒本来是冷的拿出来，已经放了蒙汗药了，就进去烫了，烫的时候，她自己就笑道："这个贼配军正是该死。倒要热吃，热吃的话嘛，这个药就发作得快。那厮——"骂武松，"那厮是我手里的货色。"

烫得热了，把那个酒拿出来，筛做三碗，笑嘻嘻道："客官，试尝这酒。"多么危险的时候,武松每一次喝酒都很危险。一次跟嫂嫂喝酒危险;后来再喝酒是跟哥哥讲再见的时候,嫂嫂跟他吵架,很危险,因为嫂嫂可以赖他调戏;再喝酒的时候,哥哥已经死了;再喝酒的时候在那里杀嫂嫂;现在要喝酒相当危险。他又喝了,又是个女人给他喝酒了。她说,你试试看这个酒。那两个公人哪里忍得饥渴,只顾拿起来吃了。武松就说:"娘子,我从来食不得寡酒——"我吃不得寡酒,"你到里面去再切些肉来与我过口。"

那妇人转身入去的时候,武松就趁着这个妇人转身把酒泼在幽暗之处,只虚把舌来在嘴巴里"啧啧"作一点声音,夸张的动作说:"好酒,好酒。这个酒吃了人才能心动。"就说好酒好酒。那妇人就上了他的当了,以为他真的喝掉了。

妇人进去,她想已经喝了下蒙汗药的酒了,我哪里还要切什么肉给你吃呢?她到厨房里头只虚晃一遭,便出来拍手叫道:"倒也,倒也!"那两个公人只见天旋地转,禁了口说不出话来,往后扑地便倒。武松也双眼紧闭,向前卧倒,栽倒凳边。武松假装的,就倒下去了。这个时候只听得笑道——武松眼睛闭起来了,他只听得笑道,他不敢张眼睛,他就用耳朵听了——只听得这个妇人笑道:"着了!着了!就算你狡猾得像个鬼,你也吃了老娘的洗脚水。"这时候就叫了:"小二,小三,快出来!"只听得——又听了——只听得飞奔出来两个蠢汉,也不知道武松怎么判断人家是蠢汉,大概脚步很重"咚咚咚咚"出来了,没有武功的人啦。只听得飞出来两个蠢汉,又听得两个蠢汉把那两个公人——已经被蒙汗药迷倒的——先扛了进去。

这妇人没有先来碰武松,到桌上先提那个包裹,看看那个包裹怎么样。她这么捏一捏,知道里面都是金银,就很高兴。就听得这妇人——又听得——大笑道:"今日得这三头货色,倒有好两日馒头卖,又得这若干金银。"

又听得这妇人把包裹盘缠提了进去,随听得她出来。这下是快动作了,哗,把那些人也扛进去了。拿了他的钱,两个蠢汉又出来了。听得两个蠢汉又跑出来了,看这两个汉子来扛抬武松。武松那个时候暗暗用了一点气力,在地上的时候,那两个蠢汉哪里扛得动他,就看见武松直挺挺地躺在地上却有千百斤重,抬不起来。那两个蠢汉一拉武松,再拉武松,抬不起来。那个时候我觉得也是很难拉,记住武松没有穿上衣,天又热,所以是出汗的,滑滑的,不知道怎么拉他。我想那两个公人是从裤腰这个地方一举就抬进去了,武松怎么拉拉不起来。

武松眼睛还闭着,只听得那妇人喝道——就骂了,骂那两个蠢汉——说:"你这鸟男女,只会吃饭喝酒,全没有用,直要老娘亲自动手!"然后又对着武松去骂说:"你这个鸟大汉也会戏弄老娘,哼!这等肥胖,好做黄牛肉卖。那两个瘦蛮子,"她叫那公人,"只好做水牛肉卖。"她就跟他说,"扛进去,先开剥这厮。"

她要把武松先切掉,做黄牛肉,武松胖胖的。"抬进去,先开剥这厮用",听她一头说——你看武松还是在听——听她一边说,武松就一边想。这两个蠢汉被这个妇人叫做鸟男女,只会吃饭,没用,要老娘亲自动手。

那个妇人把绿色的衣服解了下来,把裙子也脱掉了。你看这个《水浒传》跟那个《红楼梦》有多么的不同啊,是不是?这真是英雄好汉,这个妇人是一百零八将里面的一个女子,一百零八将里面我算了一下大概只有三个女人,她是其中一个。这个女人就脱掉了绿的上衣,解开了她的红裙子,赤膊着。好厉害,就在那个蠢大汉面前她也不穿衣服,赤膊着,便来把武松轻轻提将起来。

她要来提武松了,她气力大。轻轻提将起来的时候,武松眼睛当然张开了,就势抱住那妇人,把两只手一拘,拘将拢来,当胸搂住。糟了!糟了!这妇人被他搂住了,那妇人也没穿衣服,武松也没穿衣服,就这么抱过来当胸搂住,却把两只脚往那妇人下半截只一挟,压在妇人身上。这可不是我说的,这是他们两个做出来的事情,这段丑事三毛从来没说过,是他们做出来的。

武松没穿衣服,这个妇人没穿衣服,当胸搂来紧紧一抱的时候,两个人肉体根本是接触的,然后用脚把那个女人一盘,下半截一压就压在女人的身上了,就是个强暴的姿势。这时候,我们又要想到金莲的事情的呼应了,武松做尽了一切对于一个妇人的轻慢的动作,在这里他已经做到底了,压在妇人的身上,什么都做出来了。

只见那妇人杀猪也似的叫将起来,"啊——啊——不得了,不得了!"她就尖叫了,那两个蠢汉急待向前要来救了,被武松大喝一声。武松压在女人身上,叫的声音还很厉害。"哇"叫一声的时候,那两个蠢汉就惊得呆了,也不敢过来救了。那妇人被按压在地上,只叫道"好汉饶我",哪里敢挣扎,还是被压在地上。

那时候,只见门前一人挑了一担柴来歇在门首。你看那个樵夫出现了,他回来了,十字坡时候的樵夫出现了。他就把柴放在门口,他一看,怎么了?看到武松把那妇人压在地上。他一看急了,就赶快大步走进来,叫道:"好汉息怒!且饶了小人。小人自有话说。"他就走进来了。

武松看见这个人走进来了,他就跳将起来,把左脚踩住妇人,那两只手就做着一个拳的姿势,对着那个来人看。他踩住妇人,两只手做出一个打拳的姿势来,对那来人看,看到那人头戴青纱的一个头巾,身穿白衫,下面穿着一双八搭麻鞋,腰间系的也是一个缠袋;生着三颧骨——有颧骨,那个脸瘦瘦的,有几根胡须,年近三十五六。来了一个好汉。武松眼里看他的时候,也看出了武松心里是喜欢的。看着看着,武松叉手不离方寸,他还是对着他。

那个人就跟他说了:"愿闻好汉大名。"武松道:"我行不更名,坐不改姓,都头武松的便是。"那人就说道:"莫不是景阳冈打虎的武都头吗?"武松回答道:"然也。"好得意哟。他都不叫自己武松了,他叫自己武都头,官衔封了他以后,他一辈子要叫武都头。他说"然也",那人纳头便拜,说了:"闻名久矣,今日幸得拜识。"武松就说:"你莫非是这妇人的丈夫吗?"那来人就说:"是。小人的浑家有眼不识泰山,不知怎地触犯了都头。可看小人薄面,望乞恕罪。"

那个时候武松就说:"我看你们夫妻两个也不是等闲之人,我愿意求问你的姓名。"那个人就说:"小人在江湖上,人人都叫我菜园子张青。"这个好汉出来了。"俺这浑家姓孙,全学得她父亲本事,"就是用蒙汗药嘛,"所以就喊她母药叉。"可不是母夜叉,有些《水浒传》的版本都错叫母夜叉,夜晚跟药没有关系,事实上她唤做母药叉孙二娘。他说:"小人却才回来,听得浑家叫唤——"在那里叫救命嘛,"没想到是遇到了都头!"

这个时候他们两个交换了姓名,哦,你是那个打虎英雄啊;哦,你是菜园子张青;哦,原来这个就是那个卖人肉包子的江湖女子,叫做母药叉孙二娘的。大家这么一讲发觉都不是等闲之辈,讲清楚的时候,那人,就是菜园子张青就叫妇人穿了衣裳——妇人还没穿衣服这个时候。母药叉孙二娘呢,她打赤膊也惯了,是个好汉,我们不能讲她女子。她就去穿了衣服,自自在在的。然后就快快地近前来拜了一下武松。武松这个时候才对他的嫂嫂作了一个揖，说道："嫂嫂休怪。"

从那个时候开始，菜园子张青和武松就结拜了兄弟，母药叉孙二娘当然便成了武松的嫂嫂。杀了一个嫂嫂，改变了武松的命运，又来了一个嫂嫂，再改变了武松的命运。武松后来被逼上梁山，在一百零八将里面只有两个是出家的——一个是花和尚鲁智深去做了和尚，武松做了行者。为何做行者呢？是因为他不得已，那个时候又犯下了滔天大罪，在后面人家要抓他的时候，他只好把自己的头发剪成像有刘海一样，把额头上的金印盖掉。孙二娘就帮他打扮，因为孙二娘杀死过一个行者，把行者的衣服都拿出来给他穿，有一个度牒，从此武松就做了一个行者，所以我们都叫他武行者。

武松的命运和这两个嫂嫂有很大的关系，过去我在其他的地方说水浒的时候，我认定武松有两个嫂嫂情结——所谓情结，就是情感的情，中国结的结——尤其是第一个嫂嫂，武松的情结打得更紧一点；第二个嫂嫂虽然他跟她有着很亲密的肌肤之亲，事实上，他是一个调戏的行为。

今天的《武松、潘金莲与孙二娘》讲到这里，我们暂时告一段落。下一回我们还是和《水浒传》中的英雄好汉之一花和尚鲁智深在此见面。今天说话到此为止，谢谢各位。

采 访

我喊荷西回来！回来！

走沙

沙漠上的公路，是沿着前人压出来的车印铺成的柏油路，两边是沙丘或戈壁。平常时候，有时也会有大概到膝盖或腰部的沙被风吹过来，这时车子也很可能陷下去。看到这种沙丘来的时候，把汽车一倒，倒它五百公尺远，再加足马力，从那片沙丘上飞越过去。汽车在沙上行走，轮胎完全失去了阻力，滑一滑，也就冲过去了。要是出了什么意外，可能就滑到边上，冲进沙里，也没关系。

那时我和荷西结婚一年多，在撒哈拉沙漠，买了一部车。不过，荷西每天到矿场上工并不开车，他走路到小镇上搭公司的交通车。下午五点半下工，我准时在两点半从家里出发，开车去接他。

一天下午，我正开车去接荷西下班时，半路上，远远地看到九条龙卷风，把地上的沙卷起，卷卷卷，一直卷到天空上去。说时迟，那时快，暴风一路迅速地朝我的方向卷过来。我心想：车子的重量蛮重的，大概没问题，就坐车子里躲吧。

当狂风卷到我的座车时，车上颠动得很厉害。我看到一只羊从面前扫过，被风卷上去，咩咩咩，一直上去，一直叫叫叫。

我不禁害怕起来，虽然车子是密封的，仍然吹进了不少沙，呛得我几乎要窒息。还好，龙卷风很快过去了。但是，紧接而来，前面有个接近公路的沙丘开始走起来了。我想："怎么办呢？荷西还等着我去接他呢。"不管三七二十一，我迅速把车子倒退了三百公尺，加足马力，急冲过去，冲到一半时，发现它已经变成了一座小山。

事不宜迟，我迅速地跳下车，勇敢地推着车子跑，眼看沙堆渐渐聚成了小山，我的车子在它的边缘已经被埋掉了一半。

幸好在短暂的一段等待后，有一部大型的交通车驶过来了。车上三十几个人都是荷西的同事，他们用铁铲子，不断把沙铲开，救出了车子。

涨潮

我和荷西婚后,长久住在沙漠,生活平淡得很,偶尔遇上一点好玩的事,一定不放过。

有一次,我们跑到海边的防波堤,发现海潮退了时,乱石的夹缝里有螃蟹,我就跟荷西说:"我很爱吃螃蟹,下去抓吧。"他说:"抓螃蟹要在深夜。"

于是,我们都配了一个戴在头上的矿工灯,身上穿了黑色的防寒用的潜水衣,手上各自拿着一个麻布口袋,到了晚上九点我们到了高崖上。

大约七层楼高的防波堤,我们拉绳子吊下崖去。在一大片乱石堆中搜寻目标。刚开始,我们还看得到彼此,后来注意力都集中在螃蟹的身上。那时正是退潮时分。我在裸露的乱石缝隙中翻寻螃蟹的踪迹。我想我的手脚一定不够灵活,又没有经验,一只螃蟹都没抓到。偶尔又分心抬头去看荷西站立的位置。海浪的声音很大,彼此说话都听不见。我只好以矿工灯来辨识他的方向。海面一片漆黑,荷西那盏灯愈去愈远,只闪烁着一丝微光。

我离防波堤约五十公尺远的时候,开始涨潮了,不一会儿工夫,海潮已经涨到我的膝盖上,我开始恐慌地喊荷西,退啊,退啊,回来!回来!但是,他根本听不见。这时,我的矿工灯忽然熄灭了。怎么办?我想问荷西:你记不记得我不会游泳?你记不记得我不会游泳?!

其实会游泳也没有用,当时惊涛骇浪的,我被打倒在石头上,爬起来往后退,紧接着一次急浪过来,已经上升到我的胸口,第三次浪打来时,我整个人被卷走,拖得很远很远,像一个支离破碎的布娃娃,被放进一个水泥搅拌机里。

又一次大浪拍打,我被推升得很高,摔下来时,我的脊椎骨一阵剧痛,被撞伤了,我疼得几乎晕死过去。睁开眼睛,发现自己挂在一块大岩石上,防波堤近在眼前。原本打算沿着绳子让荷西拉我上去,这下不可能了,只好贴着海堤,踩着石头间的缝隙,慢慢地往上爬。

大约四十分钟后,荷西出现了。他走近来时,我又喜又气,扑向前就打他,他说:"你打我做什么?你还打,你看,我这个麻袋里,装满了三分之一的螃蟹了。"

那个晚上,我是被荷西背回去的。十二点半左右,家家户户都还没睡觉,有一个人打开房门,看到荷西背着他的中国老婆,就说:"这对夫妻好恩爱哦,三更半夜,还舍不得太太走路,把她给背回来。"

(王丽卿采访)

钱不钱没关系

金钱这东西，在年轻时候并不是必要的

我年轻时候在金钱上是很拮据的人。

在西班牙留学的时候，爸爸给我一百美金一个月，我只要付五十美金吃住，还有五十美金可以用，我全部拿去听歌剧、听演奏会，情愿在文化生活上弄得很丰富。

那一年暑假，我觉得自己应该可以赚钱了，就跑到地中海的一个岛上，萧邦和乔治桑住过的，跑去当导游，骑着摩托车开始赚钱。但是，导游的钱只够付旅馆费、三餐和摩托车油钱。那卖票所得的一点点佣金，是我生平第一次赚来的钱，就买了一个镶了假钻的珍珠戒指，花光了所有的钱，寄回来给我妈妈，她到现在还留着。

然后我跑到德国去念书，爸爸还是给一百美金一个月，但是德国的生活水准高，我的房租就六十五美金，还不包括三餐，剩下

三十五美金，要付学费，要吃饭，要搭车，要买鞋，要买御寒的衣服。那时候一年没吃到新鲜的肉。有一天，一个男朋友请我吃了一顿牛排，我赶快写信回家告诉妈妈，她才知道原来一百美金的费用之下，我不能吃肉。平常我就吃白饭，蒸一条黄瓜或一个包心菜，下课回来用酱油拌白饭吃，礼拜天我就吃一个蛋，一个月生活费差不多七块到八块美金，这样过了一年，可以说是濒死边缘。可是我心里很快乐，因为那时候年轻，不觉得没有吃是一件很苦的事。

我到美国之后赚了四百美金，因为单身被扣了乱七八糟的税，只剩一百九十八块，所以日子还是很苦。当我拿到赚来的钱，马上跑去买了一张汇票寄回台湾。那时候我的小弟念淡江大学一年级，他的学费就是我存三个月的钱给付的，家里不需要我这么做，可是我是中国人，有这种责任感，虽然我只付了一个学期，然后就回来了。

金钱这东西，在年轻的时候并不是必要的，只要有健康，有希望就好了。何况，我的希望根本不在我会致富。

金钱它可以买到许多东西，
可是它也买不到许多东西……

我先生过去了三年之后，我的经济才开始叫做有基础，这当然跟我的版税收入有很大的关系。以我们的版税收入来说，跟一家生意很好的西药房，甚至杂货店的小商人，都不能比。但是，以一个写作的人来说，我的经济的确有了很大的改善。光靠一两本书是不能安稳的，那时候我的书差不多有五本。我对金钱的观念有了改变，我认为我该得的，我就问得很清楚，但是我不会刻意去追求它。

我开始存钱了，存钱以后也不见得开始快乐，也不见得有安全感，也不见得会特别去花它，也不做任何投资，因为我的心思根本不在钱上面。

金钱它可以很有用，可是它也很没用。你看它买不到的东西有多少？它买不到快乐、时间、健康、生、死、经验，这是人生最重要的，它统统买不到。金钱可以买到的是房子、汽车、皮大衣、钻戒、好餐好饭、游泳池、私人电影院，但是这些东西总有尽头的。

我在台湾买了一栋十七年的老房子之后，觉得自己对这世界的要求已经到了顶点，然后我又买了一部小祥瑞汽车。这两样东西都很便宜，我的公寓才一百六十五万买下的。我忽然觉得我的安全感已经有了，这时怎么办呢？钱不是变得没有用了吗？回馈社会呀！

用钱帮助别人，心里好快乐

我与读者通信，知道很多人需要金钱，没有钱使他们不幸，因为他们实在太贫穷了。我大概拿百分之三十五支援这些需要金钱的人，不一定是同胞，国外的我也寄。但是我也不是一个滥好人，他们实在需要我才给。

最近我才给掉四万四千九百块，一个伤残的老兵，肾出血（偷骗着我爸爸给，因为这不止一个，一年给掉十几万，但是心里好快乐）。我说得好谦卑，好像恳求他一样，请他不要白费了我们的同胞爱，一定要接受我的钱。

我根本不理财。剩下的百分之六十五全部交给我妈妈，我不管。她是个有道德的母亲，也不会动我的钱。我要钱的时候就去问她拿一点来用。

这个钱干什么呢？旅行、买书。买书这事，一本本买是不贵的，但是我买大书，一套一套的。我觉得这就是一种财富，也是一种投资，虽然投资在书本上太笨了，但是我爱嘛。有些人喜欢珠宝，投资珠宝也很好。我不会做这种经营，所以我拿钱去做旅行，这是见闻上的投资。

后来，全世界差不多跑遍了。有些国家没去，是因为我不爱去，譬如澳大利亚、南非、纽西兰，虽然很美，可是没有文化，我就不去，今生也不想去了。现在，旅行我也慢慢停止了。我跑够了，不想了。

在这情形之下，金钱又变成没有用了。

我看到周遭的人都很热心在投资股票，有的买房地产，有的人来会，他们对人生都蛮积极的。我觉得一个人追逐金钱，绝对不是只为了"我爱钱",而是因为他们知道钱后面有它高贵的意义在,而我已经跨越了这一步。衣食住行统统有了之后,金钱对我已经不是很重要了。

倒是我父母,他们比较关心我是不是能够再多赚一点,希望我老来靠自己的时候能有点积蓄。事实上,我是有积蓄,不过花得很厉害。我不会省钱,也不必省,因为我看上的东西本来就不贵,而且我根本也不要什么东西。大概都是花在别人身上,带带学生出去吃饭、买点衣服送人,就是这些。

我从来没经历过贫病交集,只有经过贫,但是我健康,又有什么关系呢?

我很会花钱,也很会用钱

富,是在于怎样有智慧地支配金钱。我很会花钱,一百块台币我可以花出很多种类,我是一个很会用钱的人。

举一个例子:我一个美国朋友来,他说他没钱,只预备两百块美金,等于六千块台币,要买二十八个人的礼物回美国送人。我帮他买了四十件礼物,每一样都是精品,从十块的笛子,到最漂亮的中国方块字,认字用的,木盒装着一千个字;甚至带他去旧书摊找古董圣经,送给一个很虔诚的基督徒,可以传家用的;

到夜市去买围巾，五十块钱一条，百货公司也许要一千多，质地也很好。总之，这个十块，那个三十块，这个一百块，买了二十公斤的礼物走。

买东西要有品位和眼光，我们买廉价品并不表示没眼光，只要有价值就好。

如果拿八百块台币要我弄一个圣诞大餐，我可以有两瓶葡萄红酒，一瓶香槟，一大块瑞士起司，两百公克的鲑鱼，蛤蜊，海鲜饭，几道菜，还有汤，西班牙香肠，蜡烛。这是一顿精致的晚餐。

但是如果你给我一百五十块，要我做家常菜，我可以做出四个菜，有豆腐，有蔬菜，有海鲜，有肉，还有一道汤和饭，而且量很多，丰丰富富的。

大家都说装潢一个家要多少钱多少钱，我都不用，甚至床罩是用干净的抹布做出来的。但是，我没有刻意去节俭，我觉得该花的还是去花。人生最值得的事在我是指压，因为我一天到晚腰酸背痛，这件事就绝对不去省它。

我是一个非常悲观的投资者

回到台湾来，家庭的开销比较多，这我绝对不去精打细算，比如说爸爸妈妈爱吃牛排，上好的店，那当然是我付，他们爱什么我不管，就跟着去付钱。我不会在他人的身上节俭。

我不存钱，至少没有刻意地存，我要的时候就把它拿来，比如说车子泡掉了就换部新的。

我是靠爬格子赚钱的，很辛苦，所以我总怕在投资上失败，而且在这方面我是白痴，只会守成。我不会开源，只节流。股票上涨的时候，别人都教我去投资，劝我做二十万左右就好。我说不敢，我不要做。我觉得我不做的话还有二十万，如果我做，连二十万都没有了。

我是非常悲观的投资者。万一我投资股票，我会认为它统统在跌。如果买一栋房子，我根本不期望它涨，因为我要住在里面。我是一个很胆小的投资者，譬如说有人劝我拿十万块出来开一家小店，那没人来怎么办？或者来会，那会倒了怎么办呢？股票，跌了怎么办呢？然后，钱就放在银行里，看着利息一直跌。

无欲无求无望，钱！不能满足我

我皮包里有多少钱，我永远不知道。有一次在火车站，我的皮包被人偷掉了，我去找警察。警察问我皮包里有多少钱，我说不知道。他又问大概多少，我说完全不知道。

我去洗头，一次九十块，我多半都付一百，洗完头却发现身上一百也没有，我一直跟人家道歉。走出来再翻皮包，有一万多块，我完全忘记了，自己都不知道。

还有坐计程车，常常给人家一千块或者五百，说声谢谢你、再见，就下车了。这已经无数次了，有的司机叫我，有的没有，我就不敢确定是不是给了他一千，迷迷糊糊也就走了。因为不缺钱，也就没有什么观念。

但是我又很矛盾，有时候连五百块都舍不得花，遇到艺术品的时候，我会失去控制。也只有在艺术品上，尤其是绣布，花很多钱把它买下来，就钉在家里的墙上，也不见得去看它。真正会让我不顾一切去花钱的，往往是一个艺术品或民艺品，古董我买不起。这是去年的事，现在又没有了。

我现在是无欲、无求、无望，钱，不能满足我。

(李琼丝采访)

假如。还有。来生。

这个世上不会再出现第二个荷西

假如有一个人长得像荷西一模一样,包括容貌、谈吐、学识、对我的情感,向我求婚,我答不答应?

实在说,我不能也无法回答这种假设性的问题,这个世上不会再出现第二个荷西。

荷西在十三岁的生日吹蜡烛许愿,希望将来娶一个日本女孩。十八岁遇到我时以为找到了,一直到他二十五岁时我们结为伴侣。

他是一个心如皎月,身如冬日暖阳的人,他身上有一种特别的光芒,照耀着别人,我们结为夫妻,他把这种光芒反射给我。

对于死亡这件事,我们曾经戏谑地讨论过,我说:愿意两个人穿戴得整整齐齐躺在床上,手拉手,一起喊一、二、三,就死了,死后紧紧地合葬在一起,不能分开。他说他不要这样,太浪漫了。他要在一个秋天，没有波浪的海洋，不是为了工作，也不是为了打鱼下海，他到水里是为了与他的朋友们（水里的游鱼）游玩时，他的眼睛闭上，离开尘世。

有一年冬日黄昏，在台北济南路的算命摊上，算命先生说："1979年的中秋节，你家里死了一个人。"我听了拿着手帕蒙上眼睛，痛哭了一场。那正是荷西走后六年。他死在中秋节，平静无波的海洋，明月当空照着他，一个美丽的结束，原来这一切都是命。从此我释然了。

荷西曾说："如果我死了，你会好好活下去，比现在活得更好。"我觉得他太了解我了，我是可以活得很好。

过去我把人生看得太认真，所以在少女时代就因"执著"两字，而失去了童心。后来，我在海外讨生活，在无依无靠也没有经济来源的那种环境里，成为了一条"流浪的野狗"。当时我生命力极强悍，战斗力也高，东打西打，总想打出一个窗口，将我从人生的困境中释放出来。

秦汉曾经说，他把人生当做一座游戏场，他好比是一个顽童，玩够了就回家。我想现在的我和秦汉差不多——又稍稍差他那么三两步，我终于也变成了一个顽童，在心情上放松了很多，大大方方、从从容容过日子。对，生命到了尽头，天黑了，我也就回家。

人生的最后一面窗帘，现在已为我拉开

有了足够的钱，还有更多的钱，有时对人并不一定是幸运的事。譬如吃过多的食物，无论营不营养，到后来造成了身体的负担，还得花钱请医生帮忙解决。

生活上的花费是可加可减的，我并不怕贫穷。当年我在西柏林留学，一个月一百美金花费，用六十五元付房租，还有三十五元生活一个月，包括食、衣、住、行、水电、暖气、教科书、练习簿……在西柏林零下二十六度的寒天，我问自己：酱油拌饭便宜呢，还是盐拌饭便宜？热量重要呢，还是金钱重要？一切节俭第一，我选择了盐。

那时候我这个穷女孩，每天得穿过七公里的商业区去上学，脚下踩着的是一双用塑胶袋和橡皮筋绑好的破皮靴。当时我总跟自己玩一个游戏——在大雪纷飞黄昏的大街，我看一个橱窗十秒钟，走向另一个橱窗，再看十秒钟。想象自己就是那个"卖火柴的女孩"。她的一个小小的物质梦想，不过是一根火柴燃烧的时间罢了。而我，一直到四十岁的时候，我种种的梦想和欲望，还是一盒火柴。

至于我的现在，快不快乐跟火柴盒里的东西一点关系都没有了。

我的生命里还有重要的事要完成。

有一个苦命的女人告诉我，她几乎每天要面对丈夫粗暴的欺

凌，还得提供金钱给他花用，但是她的心是平静的，她不反抗，可以笑口常开，她有她人生的境界。她每三个月到花莲与证严法师倾谈，而获得力量。

我要六年以后"出家"，开一家心理医院，我希望能帮助世间受苦的人，在肉体上苦待自己、在心灵上折磨自己的人，因为我的讲话，变成他们心理的音符或溪流，使他们豁然开朗，得到平安与快乐。这个观念源自于证严法师给我的感动。

人生的最后一面窗帘，现在已为我拉开。六年以后，我会将窗帘丢开，破窗而去。

假如还有来生，我愿意再做一次女人

我的这一生，丰富、鲜明、坎坷，也幸福，我很满意。

过去，我愿意同样的生命再次重演。

现在，我不要了。我有信心，来生的另一种生命也不会差到哪里去。

我喜欢在下元次的空间里做一个完全不同的人，或许做一个妈妈。在能养得起的生活环境下，我要养一大群小孩，和他们做朋友，好好爱他们。

假如还有来生，我愿意再做一次女人。

我觉得目前作为一个男人，社会的背负力、被要求的东西比女人多太多了，我不喜欢。

是否有来生，谁也无法回答。

命运的拨弄，我们身不由己地离离合合。

十八年前，当我第二次出国的时候。

有两个妈妈，各带一个女儿，在香港一家伊人服饰店选购衣服。其中一个女儿就是我，当时我的手中拿着一件翠绿色的旗袍。耳边传来服务员的声音：

"你看！你看！那就是林青霞，演《窗外》的那个女学生。"

我不禁抬起头去看，就像看到现在《滚滚红尘》里的国中女生头的林青霞，我看她的时候，手里还握着旗袍，心中有一种茫然感，好像不只是看着她而已。这时候耳边传来的是妈妈的声音了："妹妹，这件旗袍，你到底要不要？"我说："好，也好。"妈妈就帮我买了。

我跟自己说："这个女孩即将进入她的电影事业，她的前途会怎样？而我又要远走到欧洲去，我的未来又在哪里？"

这样一交错，暌别十多年。我和秦汉、青霞三个人，因为《滚滚红尘》的工作关系，成为很谈得来的好朋友。

回忆起初见青霞的情景，想及命运的问题，真是一个谜。

（夏木采访）

图书在版编目（CIP）数据

流星雨 / 三毛著. -- 海口：南海出版公司，
2025.1
　ISBN 978-7-5735-0893-5

　Ⅰ. ①流… Ⅱ. ①三… Ⅲ. ①演讲－中国－当代－选集 Ⅳ. ①I267

中国国家版本馆CIP数据核字（2024）第061130号

著作权合同登记号　图字：30-2021-103
本书由皇冠文化集团授权，仅限于中国大陆地区销售，不得售至台、港、澳地区，及东南亚、美、加等任何海外地区。

流星雨
三毛 著

出　　版	南海出版公司　（0898）66568511
	海口市海秀中路51号星华大厦五楼　邮编 570206
发　　行	新经典发行有限公司
	电话（010）68423599　邮箱 editor@readinglife.com
经　　销	新华书店
责任编辑	侯明明
特邀编辑	罗雪溦
装帧设计	好谢翔
内文制作	张　典
责任印制	史广宜
印　　刷	河北鹏润印刷有限公司
开　　本	880毫米×1168毫米　1/32
印　　张	7.5
字　　数	145千
版　　次	2025年1月第1版
印　　次	2025年1月第1次印刷
书　　号	ISBN 978-7-5735-0893-5
定　　价	49.00元

版权所有，侵权必究
如有印装质量问题，请发邮件至zhiliang@readinglife.com